Al otro lado del camino

COLLEEN COLLINS

Editado por HARLEQUIN IBÉRICA, S.A.
Hermosilla, 21
28001 Madrid

© 2003 Colleen Collins. Todos los derechos reservados.
AL OTRO LADO DEL CAMINO, Nº 1470 - 7.7.04
Título original: Let It Bree
Publicada originalmente por Harlequin Enterprises, Ltd.

Todos los derechos están reservados incluidos los de reproducción,
total o parcial. Esta edición ha sido publicada con permiso de
Harlequin Enterprises II BV.
Todos los personajes de este libro son ficticios. Cualquier parecido
con alguna persona, viva o muerta, es pura coincidencia.
® Harlequin, logotipo Harlequin y Julia son marcas registradas por
Harlequin Books S.A.
® y ™ son marcas registradas por Harlequin Enterprises Limited y
sus filiales, utilizadas con licencia. Las marcas que lleven ® están
registradas en la Oficina Española de Patentes y Marcas y en otros
países.

I.S.B.N.: 84-671-1930-6
Depósito legal: B-24460-2004
Editor responsable: Luis Pugni
Diseño cubierta: María J. Velasco Juez
Fotomecánica: PREIMPRESIÓN 2000
C/. Matilde Hernández, 34. 28019 Madrid
Impresión y encuadernación: LITOGRAFÍA ROSÉS, S.A.
C/. Energía, 11. 08850 Gavá (Barcelona)
Fecha impresión Argentina:14.6.05
Distribuidor exclusivo para España: LOGISTA
Distribuidor para México: CODIPLYRSA
Distribuidores para Argentina: interior, BERTRAN, S.A.C. Vélez
Sársfield 1950 Cap. Fed./ Buenos Aires y Gran Buenos Aires,
VACCARO SÁNCHEZ y Cía, S.A.
Distribuidor para Chile: DISTRIBUIDORA ALFA, S.A.

Capítulo 1

BREE acarició la cara de Val con las dos manos. La tenía tan grande y tan peluda...
—Val... —empezó a decir, pero entonces frunció el ceño.

Levantó la vista y lo miró a los ojos, aunque para hacerlo tuviera que bajar la cabeza. Como medía más de un metro ochenta, estaba acostumbrada a agachar la cabeza.

Pero en ese momento, a punto de decir algo crucial, que para ella significaría marcharse a Europa o quedarse en Wyoming, no le importaba agachar la cabeza.

Le acarició la mandíbula mientras buscaba las palabras adecuadas. Hablar nunca había sido su fuerte; le gustaba más actuar.

—Es tu momento —consiguió decir por fin aunque con voz temblorosa—. *Nuestro* momento —continuó—. Cuando entres en la arena, tienes que mostrarte arrogante, majestuoso —bajó la voz—. Los dos sabemos que no eres más que un bebé muy grande, pero debes esconder esa parte de ti porque en este momento debes ser duro y sobrecogedor al máximo. Los vas a dejar sin habla, y además... —se calló bruscamente, no quería decir que además iba a sacarla de Chugwater.

Pero aunque no lo dijera, suponía que Val entendía que él era su vía de escape hacia la libertad.

Bree tragó saliva para ahogar la emoción, puesto que sabía que escapar de Chugwater también significaba perder a Val. Bajó la vista hacia su pecho grande para que él no viera las lágrimas que estaba a punto de derramar. Se negaba a llorar. Eso era para chicas que utilizaban sus emociones y sus encantos para manipular a las personas. En particular, a los hombres.

Bree no. Ella se enorgullecía de ir siempre al grano. Levantó la cabeza y le dio unas palmadas en el lomo a Val para darle confianza.

—Vamos, cariño, hagamos de ti una estrella.

Bree echó a andar con Val a su lado; caminaba muy derecha y con la cabeza bien alta. Quería ya dar la imagen de ganadora; después de todo, la entrega de premios de la feria de ganado se retransmitiría por radio y televisión a través de todo el Medio Oeste.

El olor penetrante a animal y a heno impregnaba el ambiente. De camino a la arena, el zumbido del público se intensificó, y pensó en una vida en la que finalmente pudiera escapar de la agobiante y pueblerina localidad de Chugwater, en el estado de Wyoming, y descubrir mundo con la ayuda de Val.

Detrás de ella, Val avanzaba golpeando el suelo de tierra con sus pesadas pezuñas. Sin duda una imagen estremecedora. Después de todo, Valentine Bovine era uno de los principales competidores al gran premio: la Gran Final de Toros Brahman.

Entrecerró los ojos para protegerse del resplandor de los focos y poder buscar en las gradas. Bajo uno de aquellos sombreros tejanos estaba Carlton Rugg de Bovine Best, la ganadería de fama internacional. Aparte de su buena fama, Bovine Best era conocida por su trato esmerado con los toros con los que trabajaban; de modo que les había dado permiso de palabra, que no por escrito, para que pujaran activamente por Val en el caso de que ganara la final. En ese caso ella se llevaría trescientos de los grandes... ¡o tal vez más! Con esa cantidad de dinero, se marcharía de Chugwater en un abrir y cerrar de ojos. Y Val empezaría una vida de romeo a tiempo completo, montando vacas durante el resto de sus días. Ambos serían felices... sólo que en distintas partes del mundo.

—Y entrando en este momento en el ruedo, señoras y caballeros, está Valentine Bovine.

El público se echó a reír, y Bree sonrió en un intento de ahuyentar la tristeza. Le había puesto Valentine al toro por la mancha pequeña en forma de corazón que tenía en la grupa derecha; y no se había podido resistir a ponerle Bovine de apellido por el ritmo marcado del nombre completo. Sin embargo Bree Brown, su nombre, carecía de ritmo y por eso ella lo odiaba. Según le había contado su abuela, su madre se lo había puesto por el queso francés, *brie*; pero pasados los seis meses de su nacimiento su madre no se había dado cuenta de que lo había escrito mal.

—Valentine, el cuarto y último finalista, representa la categoría sénior en la final —continuó anunciando el presentador a través de los altavoces con su voz de barítono.

La charla incesante del público le zumbaba en los oídos. Bree se pasó la mano por la cara, repentinamente sudorosa, y por un momento pensó que se iba a marear. Al fin y al cabo era la primera vez que presentaba a Val a concurso ella sola.

Se dijo que debía concentrarse y no perder el control. Agarró con firmeza el ronzal de Val, porque sentía necesidad de agarrarse a algo para calmar los nervios. Para distraerse pensó un momento en el señor Connors, su vecino, que le había dejado a Val en herencia en el mes de junio, hacía ya siete meses. En realidad no había sido una sorpresa; después de todo él le había permitido que bautizara al toro cuando había nacido, hacía dos años y medio, cuando ella apenas contaba veintiuno. La muerte del señor Connors tampoco había sido una sorpresa, pero decidió que no quería pensar en ello en ese momento.

Se puso a pensar en su abuela, con quien siempre había vivido a unos kilómetros de Chugwater. Tenía algunos recuerdos vagos de su padre, que los había abandonado cuando ella tenía dos años, y de su madre, que había muerto cuando Bree tenía sólo cinco.

El resto de la familia de Bree se componía de la tía Mattie, del tío Scott y de tres primos que vivían en la casa de al lado. Pero incluso con aquella familia tan numerosa, el viejo señor Connors siempre había sido su mejor amigo. Era a él a quien le había confiado su sueño más secreto: el poder montar en el Orient Express, el tren romántico y exótico que cruzaba parte de Europa. Una fantasía que jamás se había atrevido a confesársela a nadie, y menos aún a su tía Mattie, que seguía empeñada en que Bree estudiara historia del arte en lugar de algo práctico como contabilidad.

La voz del presentador interrumpió sus pensamientos.

—Señoras y señores, el doctor Marshall de Yuma, Arizona —dijo para presentar al jurado de la gran final.

Acompañado por un enorme aplauso, el conocido veterinario se paseó por el ruedo, levantando el polvo con sus botas tejanas. La luz de los focos iluminaba su cabello plateado, cuyo brillo competía con el de la hebilla reluciente de su cinturón.

El veterinario se acercó a Val y empezó a examinarlo; le pasó la mano por el lomo y los costados con habilidad. Val pasaría el resto de sus días como semental; pero la justificación le pareció vacía. De no haber estado tan ocupada esos últimos días llevando a Val a Denver y apuntándolo en el concurso, tal vez hubiera podido tomarse un momento para pensar si valía la pena perder sus raíces para realizar su sueño.

El doctor Marshall echó un último vistazo a Val y después se dirigió hacia uno de los ayudantes que le ofrecía un micrófono.

—Valentine —empezó a decir dirigiéndose al público— tiene un pelaje excelente, un cuerpo firme, ágil y bien definido. Su pedigrí es superior —el veterinario hizo una pausa.

A Bree le dio un vuelco el corazón; había llegado el momento.

Al instante alguien le estaba estrechando la mano. Levantó la vista y vio los ojos azules del juez, entonces fue vagamente consciente de que la estaba felicitando. La gente se puso de pie y empezó a lanzar los sombreros al aire. Entre los vítores y los aplausos, se oyó la potente voz del presentador.

—Valentine Bovine es el campeón de la Gran Final de toros Brahman del Primer Concurso de Toros Brahman de Denver.

El público inundó el ruedo. Alguien le pidió a Bree que llevara a Val a un corral adyacente, donde le entregaron una estatuilla de bronce. Los flashes de las cámaras no paraban de disparar. Muchas personalidades locales se acercaron a ella para fotografiarse juntos. Carlton, que observaba todo desde un lateral del ruedo, le hizo una señal con el pulgar hacia arriba, como queriéndole decir que ya estaba pujando para quedarse con Val. Entonces señaló hacia el luminoso que indicaba la salida sur del estadio para decirle que se encontraría allí con ella.

Y mientras Bree sonreía nerviosa con otra tanda de fotos, se fijó en dos vaqueros que había a un lado. Uno de ellos era alto y taciturno, el otro bajo y de aspecto despistado. Tenían un aspecto ridículo, como si estuvieran fuera de lugar.

El vaquero alto y taciturno se acercó a Bree y la felicitó con su acento de la costa este, murmurándole algo como que tenían que sacarle algunas instantáneas al toro. Cuando le quitó a Bree el ronzal de las manos, ella se fijó en el solitario de diamante que llevaba en el dedo meñique. Tenía que ser uno de los dueños de Bovine Best, aquel negocio que valía millones de dólares. Con ese dinero, tal vez incluso los botones de su camisa fueran diamantes.

Pero antes de poder fijarse en sus botones, el vaquero ya se estaba llevando a Valentine. Val giró la cabeza para mirarla, y mientras ella fijaba la vista en sus melancólicos ojos negros sintió una gran tristeza sólo de pensar que tal vez fuera la última vez que vería a su querida mascota. Después de pasar dos años y medio preparando a Val para aquel momento, le pareció que todo había ocurrido demasiado deprisa, el viaje, el concurso, el premio, y que su querido toro iba a marcharse para siempre de su lado.

Agachó un poco la cabeza para que nadie notara que estaba a punto de echarse a llorar. Y al hacerlo, a pesar de tener nublada la vista, vio algo que no le cuadraba. Rápidamente se enjugó las lágrimas.

El tipo del anillo de diamante llevaba un par de botas nuevas color turquesa. ¿Botas nuevas? ¿Y color turquesa? ¿Qué clase de vaquero experimentado era ése? ¿Y por qué se llevaba a Val hacia la salida oeste si Carlton había quedado con ella en la sur?

Miró hacia el oeste y sólo vio un montón de gente, de corrales, de ganado; pero ni rastro de Carlton y el resto de los componentes de Bovine Best que había conocido antes.

De pronto la invadió el pánico. ¿Estarían robándole a Val?

Había oído todo tipo de historias sobre toros robados y después vendidos en el mercado negro. Esos tipos sacaban millones de dólares vendiendo el preciado semen a rancheros deseosos de mezclar los genes de los toros de raza con los de su ganado. Totalmente inmoral, pero le costaría al dueño, en ese caso a Bree, una pequeña fortuna en costas judiciales para demostrar que el semen del toro no había sido conseguido antes del robo.

Una pequeña fortuna; sin duda cada centavo del premio desperdiciado.

Bree tomó una decisión. Echó a andar rápidamente y se abrió paso entre el público. A su derecha vio una manta de los indios navajos colgando sobre una valla, que sin duda pertenecería a algún caballo. Bree tiró de una esquina de la tosca manta y se la llevó. A medida que iba avanzando entre la gente se le iban ocurriendo las ideas más alocadas. A lo mejor podría echarle al tipo del diamante en el meñique la manta sobre la cabeza para distraerlo y quitarle de las manos el ronzal de Val. ¿Y entonces qué? Quién sabía qué haría aquel hombre.

En ese momento lo vio; y precisamente nada más verlo, la cazadora se le abrió ligeramente y Bree vio claramente que llevaba una pistolera a la cintura. No creyó que fuera a sacar la pistola con toda la gente que había allí, aunque... Un momento... ¿Qué hacía el del diamante hablando con un policía?

Qué raro. Últimamente se habían publicado no pocas historias sobre investigaciones internas en el seno de la policía acerca de agentes corruptos y trapicheos en el mercado negro. Era posible que también hubiera policías corruptos metidos en la venta ilegal de ganado.

Sintió una mezcla de miedo y rabia, e intentó pensar en una solución. Podría hacerle una señal a Valentine para que empezara a embestir, pero con todo aquel público alrededor podría resultar peligroso.

El hombre dejó al agente y echó a andar de nuevo, llevándose a Val. A Bree le costó unos pasos alcanzar al hombre. Aminoró la marcha a pocos pasos del animal y

echó a andar a su lado, para que supiera que estaba allí.
Entonces miró de soslayo al hombre, y cuando levantó la
manta para echársela encima...

—¡Eh, chica! ¿Qué está haciendo con mi manta? —
se oyó una voz de hombre enfadada a sus espaldas.

Levantó la manta sobre la cabeza. El hombre del anillo se volvió a mirarla.

—¿Pero qué demonios...?

Al levantar las manos para librarse de la manta, soltó
la rienda de Val.

A sus espaldas, Bree oyó más gritos y el ruido de pasos que avanzaban sobre el suelo de tierra. Y sin pensárselos dos veces lanzó la manta, que describió un arco
amplio y fue a caer directamente sobre la cabeza del
hombre. Mientras él se tropezaba y caía al suelo, ella se
agachó y saltó sobre el lomo de Val. Habían hecho eso
antes, pero siempre en campo abierto, no en un recinto
rodeados de gente.

—¡Arre! —le gritó al animal mientras se agarraba a
un cuerno para no caerse.

Val resopló y se lanzó hacia delante. Una mujer gritó.
Y Bree se agarró como pudo al tiempo que el enorme
animal se lanzaba al trote.

La enorme camioneta iba dando tumbos. Kirk Dunmore maldijo entre dientes al mirar el salpicadero lleno
de botones, interruptores y mandos, que le recordaba al
de la nave espacial de una novela que había leído recientemente, en la que el protagonista, un valiente guerrero
llamado Tarl Cabot, se encontraba en el extraño planeta
de Gor.

Sólo que él no estaba en Gor, sino en Nederland, una
comunidad a una hora de Denver, en Colorado. Y Kirk
no era un guerrero valiente y solitario que intentaba salvar la galaxia; era un paleo botánico frustrado a punto de

casarse que intentaba averiguar lo que le pasaba a esa maldita camioneta. De haber estado con su viejo y seguro Jeep no habría tenido ningún problema.

Pero su futura suegra, que tenía demasiado tiempo y dinero, le había enviado el día anterior la camioneta al yacimiento donde él trabajaba a las afueras de Allenspark. Según ella era un «regalo de boda», pero Kirk sabía que no era más que un recordatorio muy caro de que en cuarenta y ocho horas le daría el sí quiero a su hija Alicia, un acontecimiento que iría precedido de una cena ensayo el día anterior.

Pi, pi.

Kirk miró por el retrovisor y vio el reflejo de una camioneta azul. Era media tarde de un día gris de invierno, pero distinguió que el adorno de la capota era un desvaído símbolo de la paz.

Pi, pi.

—Déjame en paz —murmuró Kirk.

Pi, pi.

Echó un último vistazo al salpicadero. ¿Y de qué le valía en ese momento el doctorado si las estaba pasando canutas con aquel panel lleno de botones e interruptores?

—Lo mejor es hacer lo que hago con el Jeep cuando se me para: poner punto muerto y empujar —dijo en voz alta.

Sin más preámbulo Kirk abrió la puerta y saltó, hundiendo las botas en la nieve. El frío le abofeteó en la cara. Aquella parte de la carretera era cuesta abajo, así que corrió unos pasos con una mano en el volante y la otra en la puerta. La camioneta blanca cubierta de polvo y barro rodó por la calzada. Entonces Kirk saltó al asiento del conductor y pisó el acelerador. La camioneta pegó un tirón y se detuvo.

Kirk la condujo pacientemente por la carretera llena de curvas hasta un ensanche en el arcén. Echó el freno de mano y apagó el motor. Según la aguja del depósito había algo de gasolina, así que no podía ser eso lo que fallaba.

En las carreteras de montaña de las Rocosas la noche caía enseguida. Kirk presionó un botón del salpicadero que tenía el dibujo de una luz y se encendieron los faros, que instantáneamente proyectaron dos haces de luz blanca en la creciente oscuridad.

—¡Socorro!

Levantó la vista y vio a una mujer a la luz de los faros.

—¡Socorro! —repitió la mujer mientras agitaba los brazos.

Kirk abrió la puerta y saltó de la camioneta.

—¿Qué pasa? —gritó, corriendo hacia ella.

Llevaba unos tejanos gastados, botas de cuero y una camisa de cuadros azules y blancos. No parecía estar herida.

—Esto... Mi amigo y yo necesitamos que alguien nos lleve.

Él se detuvo.

—¿Y se atreve a hacer autoestop de noche en esta carretera?

Cuando vio que la chica sólo llevaba unos pantalones y una camisa, Kirk fue a quitarse la cazadora para ofrecérsela. Entonces su instinto lo alertó.

—¿Amigo? —repitió y miró alrededor.

—Mi mascota y yo estamos perdidos —dijo la chica en tono suave.

Kirk vio fuerza en esa mirada de grandes ojos grises; y eso le inspiró inmediatamente confianza. No estaba desconsolada, tan sólo necesitaba ayuda.

Se terminó de bajar la cremallera de la cazadora, se la quitó y se la pasó.

—Póngase esto. Métase con su mascota —miró a su alrededor, buscando un perro o un cachorro— en la camioneta antes de que nos congelemos los tres.

Su sonrisa fue de tanto agradecimiento mientras se ponía la chaqueta que, a pesar del frío, Kirk se derritió por dentro. Alicia jamás lo había mirado con tanta dulzura y gratitud.

Pero debía olvidarse de las miradas dulces de otras mujeres. Estaba a punto de casarse.

—Puede sentar a su mascota encima.

Esperaba que hubiera gasolina suficiente para llevarlos hasta la gasolinera más próxima. Conocía bien aquel tramo de carretera. Después de la siguiente curva estaba el Hostal Cafetería Sundance y unos kilómetros más allá una gasolinera.

—Es demasiado grande para sentarlo en el regazo.

—Entonces metámoslo en el asiento de atrás.

¿Qué tendría esa chica? ¿Un Gran Danés? Abrió las puertas de la camioneta, con la idea de dejar a esa chica y a su perro en la gasolinera, desde donde llamarían para que alguien los llevara a su casa. Él llenaría el depósito y continuaría hasta Denver.

El ruido de unos pasos y el resoplido pesado de un animal interrumpieron sus pensamientos.

A Kirk se le encogió el estómago y se le aceleró el pulso. Delante de él había un toro de aspecto fiero con un bulto en el lomo del tamaño de una montaña pequeña. La luz de la luna bañaba de plata a la bestia, añadiendo a la escena un efecto monstruoso.

—Es manso —dijo la chica, como si aquella situación fuera habitual.

Kirk miró a su alrededor. ¿De dónde había salido ese animal? Al ver un grupo de árboles a un lado de la carretera entendió dónde lo había escondido.

—Se llama Valentine —continuó ella.

—Por mí como si se llama Cariñito —dijo Kirk con un hilo de voz—. Es una auténtica mole...

No era el momento más adecuado para conversar. En realidad lo mejor era echar a correr como un loco. Desgraciadamente su cuerpo no respondía. Si al menos no le hubiera prestado su cazadora habría podido reaccionar y echar a correr.

La chica pestañeó, claramente consciente de la impresión que producía su «mascota».

—Ah, cuánto lo siento —agarró el anillo de bronce que tenía la bestia en la nariz—. Ve, lo tengo controlado —dijo ella, como si aquello pudiera detener al animal si le diera por embestirlo.

—Lo montaré en la parte de atrás de la camioneta —dijo la chica en tono dinámico—. Estoy segura de que Valentine cabrá perfectamente. Sabe arrodillarse y sentarse. En eso es especial.

¿En eso era especial? Kirk tenía que detener aquella locura. Inmediatamente. ¿Qué haría Tarl Cabot, el gran héroe solitario de Gor, en un momento como aquel?

La bestia levantó una de sus enormes pezuñas y golpeó el suelo.

—No tengo sitio —dijo Kirk helado de frío—. La camioneta es demasiado pequeña.

Pero ella ignoró sus palabras. Tiró del ronzal y condujo al toro hacia la parte trasera del vehículo.

—¿Qué mide... unos dos metros por tres?

—Seguramente menos —contestó él, siguiéndola a una distancia prudencial.

—No, definitivamente mide dos por tres.

Su confianza le resultaba fastidiosa.

Continuó hablando como si aquello no fuera más que un paseo al atardecer.

—Solía meter a Val en el trailer para el ganado del señor Connors, y creo que medía lo mismo que éste —dijo la chica mientras abría las puertas de atrás—. ¿Qué tiene aquí detrás?

—Algunos picos, unas cuantas palas, una caja de fósiles...

—¿Fósiles? —repitió ella.

—Están en una caja de metal —le explicó Kirk.
—De metal. Están seguras ahí. Valentine es como un gatito, créame.

Aquella seguridad en sí misma le resultaba irritante.

—Vamos campeón, entremos en la camioneta —dijo la vaquera, que acto seguido empezó a hacer unos ruidos con los labios similares a los de los besos.

Antes de que Kirk pudiera respirar de nuevo, la bestia había plantado una pezuña y después otra en el suelo enmoquetado de la camioneta. Entonces, con la gracia de una bailarina, el animal desapareció en el interior del vehículo mientras la camioneta crujía y descendía con el peso añadido.

La chica cerró las puertas con cuidado, como si acabara de meter unas cajas de porcelana muy delicada, y entonces fue hasta donde estaba Kirk.

—Nos ha salvado la vida.

Tenía la voz suave, llena de gratitud. Estaba demasiado oscuro para verle bien la cara, pero Kirk imaginó que aquel agradecimiento también se mostraría en sus facciones, en su mirada.

Y por un momento supo lo que Tarl Cabot, el valiente guerrero de Gor, habría sentido al rescatar a la damisela. La vaquera le dio una palmada en el brazo que sacó a Kirk de su ensoñación.

—Vayámonos si no queremos quedarnos helados aquí —dijo antes de dirigirse hacia el otro lado de la furgoneta.

Sorprendido por los acontecimientos de los últimos minutos, Kirk avanzó medio embobado hacia el lado del conductor. ¿Sería aquella ansiedad que sentía fruto de su inminente enlace o de la aventura en la que se había metido?

Capítulo 2

—RANCHO Montañés de Nederlander —repitió Louie por enésima vez, como saboreando las palabras.
—¿Algún tipo escocés? —le preguntó Shorty antes de dar una última calada a su cigarrillo y de lanzarlo por la ventana.

Louie le dio a Shorty un golpe en el brazo.

—Hay un cenicero ahí.

—Ah —Shorty miró hacia delante, completamente cortado—. Lo siento Louie.

Louie suspiró. Odiaba hacer que los demás se sintieran culpables. Le recordaba a sus ex esposas; a las dos primeras, por lo menos. También detestaba tener que hacer un trabajo tan peliagudo con un imbécil como Shorty; pero éste era el sobrino de Clancy «El Cuello» Venuchi, y si Clancy decía que Shorty estaba dispuesto a hacer el trabajo, sólo uno más imbécil que Shorty diría que no.

—Olvídalo —añadió Louie—. Necesitamos averiguar dónde está este rancho.

Después de que un niño en la feria de ganado les hubiera dicho que había visto a una chica montada en un toro dirigiéndose hacia una zona de edificios cercanos, Louie y Shorty habían paseado en el coche por esa zona durante varias horas. Les habían enseñado unos cuantos billetes a varios borrachos, hasta que uno de ellos había jurado que había visto a dos personas metiendo a un búfalo en una camioneta amarilla muy grande con el nombre de Rancho Montañés Nederlander escrito en un costado del vehículo.

El búfalo tenía que ser el toro... ¿Pero lo del rancho?

—Shorty, saca el mapa de la zona y mira lo del rancho.

Al momento Shorty sacó de debajo del asiento la Guía Regional de Denver que habían comprado.

—Bien —dijo Shorty mientras abría la guía y empezaba a mirar una página.

—¿Qué estás mirando?

—Un mapa.

Louie apretó un puño para controlarse las ganas de pegarle un golpe que hiciera entrar en razón a su compañero.

—Esa guía tiene más de cien páginas. Mira el maldito índice.

—Bien —Shorty abrió el libro por la última página—. Ne... der... lan... der —murmuró entre dientes—. Ne... der...

—Ne, der, lan, der.

A Louie le encantaban los libros, sobre todo las novelas policiacas, pero también le gustaba deletrear palabras. Le daba la impresión de que aquel callejero era el primer libro que Shorty abría desde hacía años.

Shorty chasqueó la lengua mientras deslizaba el dedo por una de las páginas.

—¡Aquí está! —se pegó el libro a la cara—. Es *Nederland*, no Nederlander —añadió.

—Bien, bien.

Si estaba en el mapa estaría cerca de Denver. Así que la chica y el toro habían conseguido que los llevaran a una ciudad cercana. ¡Qué bonito!

—Mira a ver qué carretera va hasta allí.

—Bien —después de una pausa, Shorty la encontró—. De la veinticinco norte a la treinta y seis.

Habían pasado buena parte del día conduciendo por la veinticinco, y Louie recordaba haber visto varios carteles indicando la salida hacia la carretera treinta y seis. El resto sería fácil.

Arrancó el motor.

—¿Lou?

—¿Sí?

—La próxima vez utilizaré el cenicero.

Si Louie conseguía lo que quería, no habría próxima vez con Shorty. Lo único que tenía que hacer era robar el maldito toro y llevarlo hasta un punto de encuentro a las afueras de Lubbock, en Texas. Allí se verían con un mensajero que les pagaría la pasta y les quitaría al toro de encima.

Louie jamás había tratado antes con un toro, pero cuando le habían dicho que su parte sería medio millón, había supuesto que podría hasta llegar a bailar con el animal si era necesario. Además, se había informado un poco. Los toros Brahman tenían un aspecto muy fiero, pero normalmente eran bastante mansos.

Suponía que más o menos como él.

Giró el volante para torcer por una calle lateral. Con su parte del botín, cumpliría su sueño de escapar de Trenton para comprarse una barca y vivir en Los Cayos. Se pasaría los días pescando, bebiendo whisky y acostándose con mujeres excitantes. Mujeres grandes, bronceadas y sensuales que estuvieran llenas de curvas y que supieran satisfacer a un hombre...

—Vamos a por ese toro que nos va a hacer ganar mucho dinero.

—No te decepcionaré, Lou —dijo Shorty mientras se encendía un cigarrillo y tiraba la cerilla en el cenicero—. Llevaremos ese toro a Texas, cerraremos el trato y no tendremos que volver a trabajar el resto de nuestras vidas.

Louie sonrió. No volver a trabajar. Se imaginó el olor de la brisa del mar, el calor del sol sobre su piel, el sabor dulce del whisky en su boca. Y cuando se cansara de las mujeres sensuales y bronceadas, tal vez invitaría a su tercera esposa a pasar una temporada con él.

Maldita sea, si Shorty lo hacía bien y conseguía llevar aquel trabajo sin meter la pata, tal vez Louie le concedería también el derecho de visita.

—Bueno, maldita sea...
—¡No he oído nada! —exclamó Mattie mientras asomaba la cabeza por la puerta de la cocina.

Ida no miró. Eso de tener setenta y cinco años tenía sus privilegios, y uno de ellos era que podía disfrutar de decir palabrotas. Pero para qué explicárselo a su hija Mattie. Maldita sea, aún le resultaba un misterio pensar cómo le había salido una hija tan puritana y amante de las normas como Mattie. Menos mal que vivía en la casa de al lado y no bajo el mismo techo que ella y su nieta Bree.

—Calla —Ida levantó una pistola, haciendo un gesto para que se callara—. De acuerdo, charlemos un rato en serio —dijo Ida, dirigiéndose a la televisión.

Mattie entró en el salón con un plato que estaba secando en la mano.

—Ves demasiadas películas de gánsteres —continuó—. Pareces más bien la amiguita de un mafioso que una ciudadana de la tercera edad. ¡Y cuántas veces te he dicho que no limpies tus pistolas en el salón! ¿Y si se pasara alguien a hacernos una visita, viera armas tiradas por todas partes y se lo contara al sheriff? Después de aquel incidente en el Hostal del Búfalo, juraste que nunca más volverías a...

—¡Calla! —Ida blandió de nuevo el cañón —. Están hablando de mi nietecita.

—¿Cómo? ¿Mi sobrina Bree en las noticias? —dijo Mattie mientras se pegaba al pecho el plato de porcelana que había estado secando—. ¿Ha... ganado... Valentine?

La bonita presentadora pelirroja hablaba ante la cámara con expresión sincera.

—Nos informan que el toro fue robado después de obtener el premio, que supone cientos de miles de dólares para el vendedor; y en potencia millones de dólares para el comprador. Esta historia no trata sólo de un toro enorme. Trata de una enorme cantidad de dinero —la presentadora bajó la vista hacia una hoja que tenía en la mano—. La policía dice que el supuesto ladrón llevaba pantalones vaqueros, camisa de cuadros azules y blancos y botas marrones.

Mattie soltó una exclamación entrecortada.

—Eso es precisamente lo que Bree llevó puesto al concurso...

—La policía ha emitido un boletín —continuó diciendo la presentadora— describiendo al supuesto ladrón y al toro, que tiene una mancha blanca en forma de corazón en la parte de atrás del costado derecho...

—Ése es nuestro Valentine —soltó Ida mientras se ponía de pie—. ¡Creen que mi niña robó a Valentine! ¿Pero qué les pasa a esos señoritos de Denver? ¿La polución de la gran ciudad les ha afectado el cerebro? —se quedó pensativa—. Ya sabes, Bree tenía un acuerdo verbal con ese tipo de Bovine Best... Me pregunto si ese contrato implícito ha sido interpretado mal por esos imbéciles de los medios de comunicación. Están poniendo a Bree como si hubiera robado a Val —Ida soltó unas cuantas palabrotas en dirección a la pantalla—. Tengo que encontrar a Bree... que aclarar este lío —Ida dejó la pistola en su sitio—. Tengo que ponerme el abrigo y las botas; hace un frío horrible en esta época del año.

—¡En el nombre de Dios! ¿Pero qué pretendes hacer? —le preguntó Mattie con expresión irritada.

—Mientras me visto, búscame las llaves, ¿vale? —miró a su alrededor—. También voy a necesitar mi pistolera.

—¡Mamá! ¡No pienso permitir que vayas en ese... cacharro hasta Denver!

—Mi camioneta no es ningún cacharro. Precisamente el año pasado arreglé los frenos. ¿Dónde me he quitado las botas? Ah, aquí están.

—No puedes meter al toro en la camioneta...

—Maldita sea, eso ya lo sé. Bree y yo ya pensaremos en cómo traer al toro a casa —Ida se calzó un par de botas diminutas color crema con remates morados.

—Yo... iría contigo, pero tengo tres hijos que cuidar.

—Lo sé, preciosa. Ahora, deja de temer por mí y deja que tu mamá se prepare.

Mattie emitió un sonido de exasperación.

—¿Tiene que llevar una pistola mi dulce mamá?

—Sí.

—¿Por qué?

—Para disparar a quien haga falta, cariño.

—Estamos atravesando una crisis familiar y tú te pones a imitar a esos tipos malos de las películas.

—Sólo John Garfield en la película *El Gorrión Caído* de 1943. Y no era un tipo malo, tan sólo un alma perdida —Ida hizo una pausa—. Y no son sólo películas, sino enseñanzas de la vida —avanzó por el pasillo—. Tráeme esa bolsa de patatas fritas y unas cuantas manzanas. Te espero en la camioneta —gritó Ida pasillo adelante.

—La camioneta no arranca —dijo Kirk, intentando mantener la calma.

Aunque con la enorme cabeza de aquel animal asomándose al asiento delantero, a tan sólo unos centímetros de la suya, mantener la calma le resultaba algo difícil.

Kirk se repitió para sus adentros que aquella chica le había dicho que el toro era inteligente y manso.

—¿No podemos movernos de aquí? —le preguntó la chica—. ¡Pero si acabamos de entrar en la camioneta!

El toro resopló, como secundando su comentario. Dios, qué mal le olía el aliento.

—Pensé que tenía gasolina suficiente para llegar a la gasolinera, pero me equivoqué —dijo Kirk.

El viento soplaba con fuerza. Las nubes empezaban a poblar el cielo oscuro, cubriendo parte de la luna. Kirk juraría que los bigotes de aquella bestia acababan de rozarle el hombro. ¿Tendría hambre aquel monstruo?

—¿Esto, cuándo comió esta bestia por última vez? —preguntó Kirk.

La chica emitió un sonido de indignación.

—Es un toro Brahman, no una bestia. Y es vegetariano, así que no lo va a morder. A no ser que lo moleste.

¿Que lo molestara?

—Creí que había dicho que era manso.

—Tiene sus altibajos, como todo el mundo.

Estupendo, un toro con altibajos. Peor aún, uno que de vez en cuando se «molestaba». Kirk jamás había fastidiado a nadie; era un hombre muy razonable, el resultado de haberse criado con una madre extravagante por la que había tenido que intervenir siempre.

—¿Hacia dónde se dirige? —le preguntó Kirk.

—A Chugwater.

—¿En Wyoming?

—¿Conoce Chugwater? —preguntó ella con incredulidad.

—¿Y qué está haciendo a varios cientos de kilómetros de casa?

Tal vez sería mejor no preguntar. Si le daba la oportunidad, Alicia podía pasarse todo un día contando cómo se había roto una uña... No quería ni imaginarse cuánto podría llevarle a esa chica contarle la historia de aquel toro perdido.

—¿Entonces qué hacemos? —le preguntó ella, ignorando su pregunta—. ¿Tiene alguna idea?

—¿Ideas? Demasiadas —murmuró Kirk.

Estaba acostumbrado a excavar y estudiar los fósiles de plantas y animales prehistóricos, no a trasportar animales vivos en su camioneta.

Aspiró hondo y miró hacia el cielo. Esas nubes parecían de nieve, pero en Colorado uno nunca podía predecir el tiempo que iba a hacer. En primer lugar tenía que encontrar abrigo y comida. Al día siguiente se ocuparía de la logística del viaje.

—Hay un hostal un poco más arriba —dijo finalmente—. A unos minutos a pie. Podemos pasar la noche ahí.

—¿Un hostal? —suspiró pesadamente—. Yo, esto... no tengo dinero.

—Llevo la tarjeta de crédito. Me he quedado más veces ahí. El terreno que está detrás del hostal llega hasta las faldas de un monte. Es un buen sitio para que descanse su toro.

Pediría una de las habitaciones más alejadas de la zona principal del hostal. Teniendo en cuenta que estaban en las montañas y en el mes de enero, dudaba mucho que hubiera alguien hospedado en aquel lugar tan apartado. Esconder el toro sería la menor de sus preocupaciones.

Al menos eso esperaba.

—¿Tiene un móvil? —le preguntó ella—. Me gustaría llamar a mi abuela.

—Aquí no hay cobertura —había intentado llamar a Alicia un poco antes, pero la altura de las montañas no le dejaba obtener señal—. Pero estoy seguro de que habrá teléfono en la habitación.

—¿Cree que tendrán heno o avena?
Para Valentine.
—Supongo que habrá heno fuera... y podemos pedir veinte porciones de cereales con la cena —se abotonó la chaqueta, anticipándose al frío del exterior.
—Vayámonos —dijo mientras abría la puerta—. Tarl Cabot, allá vamos —murmuró entre dientes mientras plantaba los pies en el suelo.

Veinte minutos después Kirk encendía el interruptor de la luz de una de las habitaciones, localizada en la parte más retirada de la zona principal del Hostal Sundance. Aunque había asumido que el establecimiento estaría casi vacío, una banda de moteros con Harleys, que pasaban una vez al año por aquellos parajes por la belleza del paisaje montañoso, estaban allí para pasar la noche. Afortunadamente, había dos habitaciones adyacentes que estaban libres.

Bree lo siguió al interior y se asomó por la ventana del extremo para ver al toro que estaba junto a un pino.
—Esta habitación es perfecta para mí; así podré vigilar a Val.
Él asintió.
—Bien. Dejaré aquí nuestros sándwiches mientras voy a ver mi habitación y hago una llamada.
—Me extraña tanto que no nos hayan preguntado para qué queríamos cinco cajas de cereales integrales —dijo Bree.
Kirk se echó a reír.
—Nederland está lleno de espíritus libres. Esta comunidad es un paraíso para antiguos hippies o aspirantes a ello. Ya sabe, paz y amor y todo eso.
—Bueno, pues a mí me gusta la paz, pero paso de...
Bree se mordió la lengua y miró a su alrededor para disimular. Sólo porque no le interesaran ni el amor ni el

matrimonio y esas cosas no quería decir que fuera publicándolo a los cuatro vientos.

—Seguramente se estará preguntando qué hacía en medio de la carretera haciendo autoestop —añadió Bree, cambiando de tema—. Resulta que me perdí el viaje a la feria de ganado, y un camionero muy agradable dijo que nos traería hasta Nederland, así que accedí, pero le pedí que me dejara en mitad del campo porque no quería que lo hiciera en el centro de la población. Imaginé que llegaríamos de algún modo a Chugwater, pero nadie paraba, así que por eso salté delante de su camioneta al ver que se paraba... —aspiró hondo, esperando que su historia sonara relativamente plausible, teniendo en cuenta que había omitido la parte de los malhechores y de las pistolas.

Mientras el hombre la miraba bastante anonadado, Bree se dio cuenta de que era la primera vez que lo veía bien. Tenía el pelo rubio y fuerte, y era muy apuesto. Con un traje de chaqueta y un sombrero de fieltro gris parecería uno de esos detectives macizos que protagonizaban esas películas de gánsteres que tanto le gustaban.

Pero con lo a gusto que parecía que iba con sus vaqueros desteñidos y su camisa de franela azul y gris, dudaba de que aquel hombre tuviera siquiera un traje. Lo que no le pegaba ni con cola era aquella camioneta de aspecto espacial.

Finalmente él rompió el silencio.

—Bueno, ahora está a salvo. Eso es lo que importa.

Esperaba que fuera cierto. Gracias a ese hombre estaba segura, al menos de momento. Al día siguiente ya pensaría cómo arreglar aquel embrollo y aclarar aquella confusión del «supuesto robo» con el fin de regresar a su vida normal.

—¿Cómo se llama? —le preguntó Bree.
—Kirk Dunmore. ¿Y usted?
—Bree Brown.

Echó un vistazo al televisor, sabiendo que las noticias darían la historia de un toro Brahman que se había escapado de la feria de ganado de Denver. Pero decidió verlas más tarde, cuando estuviera sola. Entonces se dio cuenta con fastidio de que lo más probable era que su abuela, que veía religiosamente las noticias todas las noches, se hubiera enterado de la historia y estuviera muy preocupada.

Bree miró a su alrededor en busca de un teléfono.

—Necesito llamar a casa.

—Sí, y yo a mi prometida.

¿Prometida?

Bree se pasó la mano por la melena rizada, preguntándose por qué se le encogía de pronto el estómago. No podía ser por el comentario de Kirk Dunmore. ¡Como si a ella le importara! Fijó la vista en los sándwiches que Kirk había comprado. Únicamente tenía hambre, y nada más. Después de tomar algo, se sentiría mejor.

Pero entonces miró a Kirk y el estómago volvió a encogérsele. Su postura, con las piernas ligeramente separadas y los brazos cruzados, parecía la de un explorador primitivo y misterioso, de esa clase de hombres que se enfrentaban sin miedo a cualquier cosa.

¿Qué le había dicho que llevaba en la parte de atrás de la camioneta? Ah, sí. Picos y palas. Sólo un hombre así, que entendiera la vida como una aventura, comprendería la necesidad de Bree de ser independiente y descubrir mundo.

Agachó la cabeza y frotó la barbilla contra la cazadora de viscosa que él le había prestado. ¿Sería aquel aroma masculino y almizclado su olor? En su interior, la espiral de calor pareció encenderse y se extendió por su cuerpo como un reguero de pólvora.

Kirk se pasó las manos por la pelusilla que le cubría el mentón.

—Voy a mi habitación a llamar a Alicia; después vengo a tomarme el sándwich.

¿Alicia? Debía de ser su prometida. Bree asintió distraídamente y se quitó la cazadora para alejarse de aquel aroma tan masculino y tentador.

Él salió de la habitación y cerró la puerta. Ella haría lo mismo con su repentina reacción hacia él. Cerraría las puertas, la ignoraría. Después de todo, no era más que un hombre agradable que la había ayudado a salir de un atolladero. Al día siguiente a esas horas cada uno estaría en su mundo y jamás se volverían a ver.

Capítulo 3

¡PUM, pum, pum!
Bree se despertó sobresaltada. Un sudor frío le cubría el cuerpo. Pestañeó en la oscuridad y dirigió la vista hacia el rayo de luz que entraba por entre las cortinas que cubrían la ventana que había junto a su cama

Vio una sombra enorme junto a un árbol. Valentine.

Soltó un suspiro tembloroso. Estaba en el hostal, totalmente a salvo y segura.

¡Pum, pum, pum!

Se pasó una mano temblorosa por la frente y miró el reloj digital que tenía en la mesilla de noche. Las tres de la madrugada. ¿Quién podría llamar a su puerta a esas horas? ¿Los mafiosos que iban detrás de Val?

El estómago se le encogió. ¿La habrían seguido hasta aquel hostal perdido entre las montañas? Tal vez no fuera una idea tan estrambótica, teniendo en cuenta que estaban empeñados en conseguir a Val, que para ellos sólo significaba cientos de miles de dólares. Intuyó que harían cualquier cosa por conseguir al toro, incluso matarla a ella si hiciera falta.

Bueno, si eran tan listos, sólo tendrían que dar la vuelta al hostal para ver a Val en el prado a la luz de la luna. No hacía falta llamar a ninguna puerta.

Seguramente no sería más que algún juerguista borracho que se había equivocado de puerta. Si continuaban llamando, avisaría a recepción. Se bajó de la cama y avanzó a oscuras sobre la alfombra de lana tupida, intentando acordarse de dónde había dejado el teléfono después de llamar a casa de su abuela y dejar un mensaje.

—¿Bree?

¡Pum, pum, pum!

—Soy yo, Kirk —repitió la voz.

Bree se quedó inmóvil. Al momento siguiente, alentada por un estallido de energía acumulada, corrió hacia la puerta y la abrió.

Una corriente helada la golpeó. Ni siquiera había pensado en cómo iba vestida o en si iba vestida o no; en realidad, lo único que la protegía del aire gélido de la noche era un conjunto de camiseta de tirantes rosa con una especie de culotte a juego.

—¿Pa... pasa algo...? —le preguntó temblando de frío mientras Kirk pasaba y cerraba la puerta.

—¿No los has oído?

—¿A quién?

En la distancia se oyó de pronto el ruido de una botella de cristal haciéndose añicos seguramente contra el suelo, seguida de un corro de risotadas.

—Es esa maldita fiesta de los moteros —resopló Kirk—. Esos tipos llevan así desde que me metí en la cama. No he pegado ojo.

A pesar del frío, Bree sonrió. Con tres primos adolescentes viviendo en la casa de al lado, estaba acostumbrada a todo tipo de alboroto tanto de día como de noche. Lo de los moteros no era nada.

—¿Dónde está la luz? —preguntó Kirk.

Tanteó la pared en busca del interruptor; nada más

accionarlo la habitación quedó iluminada por un resplandor suave y anaranjado. Afortunadamente, la calefacción de la habitación estaba funcionando bien, de manera que ya no se sentía el frío que había entrado al abrir la puerta.

Kirk, desaseado con un par de pantalones gastados y una camisa de franela medio abotonada encima de una camiseta azul marino, miró a su alrededor. A Bree se le antojó que estaba bastante guapo con aquel aspecto despistado y adormilado. Se pasó una mano bronceada por la cabeza, pero al ver a Bree se quedó a medio camino.

—Oh, lo siento —murmuró rápidamente Bree al darse cuenta de que estaba en ropa interior.

Kirk desvió la mirada rápidamente mientras bajaba la mano.

Como Bree se había criado en el campo, no le daba mayor importancia a lo que se veía o se dejaba de ver. Además, lo esencial del cuerpo no se veía en absoluto.

—Estoy tapada —dijo ella.
—Apenas —murmuró él.

Bree se echó a reír.

—¡Voy más vestida que si llevara un bañador, por amor de Dios!

Kirk quiso decir algo, pero sabía que si abría la boca sólo conseguiría balbucear.

Kirk Dunmore, tan elocuente él, con un coeficiente intelectual por encima de 170, estaba en ese momento reducido a un imbécil con el cerebro paralizado. Y no sólo le había pasado una vez, sino ya dos veces en el mismo día.

Aunque, bien pensado, tal vez incluso el cerebro de Einstein se hubiera convertido en una masa informe de haberse visto frente a frente con un toro Brahman.

¿Pero le habría pasado lo mismo al cerebro de Einstein ante aquella fabulosa mujer con aspecto de amazona parcialmente vestida? No habría sido así. Según los rumores, Einstein se convertía en un maldito playboy cada vez que señoritas de la talla de Marilyn Monroe se cruzaban en su camino.

Y allí estaba pensando en esas cosas, cuando Kirk se dio cuenta de que llevaba un rato mirando a Bree con la boca abierta. Lo razonable era que desviara la mirada, que se portara como un caballero; pero sus ojos parecían tener vida propia y procedían como si fuera la primera vez que podían mirar a sus anchas.

El brillo de su piel canela le recordaba a las arenas cálidas de las playas de Nueva Guinea. Las curvas de sus pechos parecían las de las verdes colinas de las pampas argentinas. Y esas mechas rojizas de sus bucles dorados se asemejaban a los rayos anaranjados del sol antes de salir sobre el Himalaya.

Pero cuando le miró las piernas se dio cuenta de que ninguna referencia geográfica podría hacerles justicia. Esas piernas largas y tremendamente sensuales le hacían pensar en la canción *Hot Legs* de Rod Stewart.

¿Sería un tatuaje lo que tenía en el tobillo?

Al principio le pareció una flor con los pétalos abiertos; pero enseguida vio que era una chocolatina medio desenvuelta. Un beso de chocolate. Sin darse cuenta se pasó la lengua por los labios, deseoso de probar aunque fuera tan sólo una gota de ese chocolate para calmar la sed de su alma.

—¿Se encuentra bien? —le preguntó Bree.

—No —respondió él con un hilo de voz.

—Si se va a sentir mejor, me meto en la cama y me tapo.

¿Mejor? Dudaba que eso le hiciera sentirse mejor, a menos que...

Caramba... ¿Pero qué demonios le estaba pasando? Se iba a casar dentro de dos días, dentro cuarenta y ocho horas, de dos mil ochocientos ochenta y ocho minutos.

Su reacción tenía que ser el resultado de la excavación que acababa de terminar después de una semana de trabajo agotador. Después de todo ese tiempo solo, sin más compañía que la de las salamandras y los perros de la pradera, era lógico que un hombre se volviera tarumba por un pedazo de chocolate tatuado en un tobillo.

Kirk la oyó caminar en silencio sobre la moqueta, y después el chirrido del colchón al acostarse. E intentó distraerse mirando las paredes de madera de la habitación del hostal, en donde había un dibujo enmarcado de un oso metiendo la pezuña en el río para sacar algún salmón.

Pero por mucho que intentara concentrarse en otra cosa, su mente, que de pronto se había vuelto rebelde, no dejaba de repetir la imagen de esas piernas largas y bronceadas, de ese tatuaje tan delicioso, de aquel cuerpo de impresión estirándose y rodando en la cálida oscuridad bajo la colcha que lo cubría.

¿Por qué había nacido paleobotánico? Cuánto daría por ser la vieja manta que se amoldaba en ese momento a la cálida Bree.

Bree. El sonido de su nombre era como el de la brisa. En esas cuatro letras se encerraba un ritmo espiritual que le hizo pensar en la canción *Let it Be*, de los Beatles. *Let it Bree*. De pronto se le ocurrió que deseaba pasarse el resto de sus días lamiendo la pequeña chocolatina que le adornaba el tobillo.

Bree se tapó hasta la barbilla y miró a Kirk. Parecía turbado, como si fuera a tambalearse y perder el equilibrio en cualquier momento.

—¿Necesitas un poco de agua? —le preguntó ella al verlo tan raro.

—Chocolate... —contestó él sin pensar.

—¿Qué?

Kirk empezó a toser.

—Esto, sí, agua. Sí. Necesito un poco de agua.

—De acuerdo —dijo Bree—. Voy a por un vaso que está en el baño y...

—¡No!

Estaba de espaldas a ella, inmóvil.

—Voy yo —añadió Kirk en voz baja—. No te muevas. Y *tápate*.

Volvió un momento después y se bebió el vaso como si estuviera muy sediento; entonces la miró con sus grandes ojos azules. Estaba tan sofocado, tan colorado, que Bree se dio cuenta.

—No me digas que te has puesto nervioso al verme en ropa interior. Ya lo hemos hablado.

—¿Nervioso? No. Ya no.

Bree no se dejó engañar por las palabras de Kirk. Se le veía muy cortado.

—¿No estás acostumbrado a ver mujeres desnudas? —le preguntó.

Había estado a punto de decir «a tu prometida desnuda», pero supuso que eso sería meterse en su vida privada.

—No estabas desnuda; sólo casi desnuda.

Tal vez Kirk fuera un hombre anticuado, correcto, discreto, y que la noche de bodas fuera la primera noche en la que...

No conocía a ningún hombre como ése en el mundo actual. Y pensar que ella, una chica de un pueblo pequeño como Chugwater, supiera más de esas cosas que un hombre de ciudad como él.

—Bueno, ahora estoy toda tapada, así que ya no puedes decir nada.

Kirk dejó el vaso a un lado y esbozó una sonrisa débil antes de sentarse en el sofá. Se pasó la mano por el mentón sin mirarla.

—Ojalá pudiera tomarme un vaso de leche —dijo con voz ronca.

La miró con los ojos vidriosos, como si tuviera fiebre.

—A lo mejor el café está abierto.

—¿A las tres de la madrugada?
—Tal vez esos moteros tengan un poco.
—Muy gracioso. Está claro que al menos uno de nosotros dos ha dormido un poco.

Bree señaló hacia la ventana.
—Dos.

Kirk miró hacia donde estaba Val.
—De acuerdo, Val también ha dormido un poco —Kirk entrecerró los ojos—. Mmm, tal vez debería llevarme el toro a las habitaciones de esos moteros para convencerlos de que bajen el volumen.

—Eso funcionaría —respondió Bree con una sonrisa—. A Val se le da bien tranquilizar el ambiente. Una vez se escapó y estuvo un rato suelto por el centro de Chugwater antes de meterse en el salón de belleza de Mary Jane Tock. Inmediatamente la calle se llenó de mujeres con rulos y las caras embadurnadas de potingues de colores.

Kirk se echó a reír con ganas.
—Sí, sólo le faltaría eso al Hostal Sundance de madrugada. Una banda de moteros histéricos corriendo por el aparcamiento con un toro detrás.

Bree se echó a reír a carcajadas, disfrutando del momento de risa compartida. Sin duda contribuiría a que a Kirk se le pasara la vergüenza, o al menos a que ella se olvidara de su paranoia de que unos mafiosos estaban llamando a su puerta.

—¿Te digo una cosa? —empezó a decir Bree en tono animoso—. ¿Por qué no te acuestas en el sofá esta noche? Así no te molestarán esos moteros.

Y así ella tendría un guardaespaldas, por si acaso aparecían otra vez esos matones. Ellos dos más un toro, tendrían más posibilidades de poder pelear.

En la distancia se oyó el ruido de un cristal rompiéndose seguido de la risa de un borracho.

Kirk resopló mientras miraba hacia la pared que daba a su cuarto.

—Creo que voy a aceptar tu oferta. Al menos el ruido se oye menos aquí.

Bree se acurrucó en su cama y apoyó la cabeza sobre la almohada. Se sentía más feliz de lo que se había sentido en muchas horas. No estaba sola, ni durmiendo a la intemperie. Y al día siguiente estaría de vuelta en Chugwater. Kirk había mencionado que un amigo de Denver, un tipo llamado George que tenía un tráiler para ganado, podría llevarla a ella y al toro de vuelta a casa.

—Apaga la luz cuando termines —le dijo ella en tono dulce—. Y no te preocupes por mí si te apetece ver la tele o leer un rato.

Pero de pronto Bree se acordó de que al sintonizar el canal local había visto muy sorprendida cómo el reportero informaba del supuesto robo de un toro. El nombre de Bree no se mencionaba, pero el presentador había descrito cómo iba vestida. Tenía que ser por ese maldito «contrato verbal» que los medios estaban insinuando que era una ladrona.

Bree se apoyó sobre un codo y miró a Bree con los ojos muy abiertos.

—Esto, no enciendas la tele, Kirk. Sería demasiado ruido para mí —añadió apresuradamente.

—No se me ocurriría ver la tele a estas horas —le contestó con tranquilidad—. Tal vez lea —rebuscó entre el montón de libros viejos que había sobre la mesa de centro—. Si no hiciera tanto frío y si no hubiera tenido que dejar la furgoneta tan lejos, saldría a por una novela que estoy leyendo y que me he dejado en la guantera.

—Ah —Bree se volvió a tumbar del todo.

Menos mal que no quería ver la tele.

Kirk continuó rebuscando entre los libros.

—¿Qué tipo de libros te gusta leer?

—Novela rosa histórica —contestó ella.

—¡En serio! —Kirk le echó una mirada antes de continuar rebuscando entre los libros.

—Pareces sorprendido. ¿Qué es lo que te sorprende? —preguntó Bree—. ¿Que me gusten los romances, o la novela histórica?

—Yo... bueno, no imaginaba que te gustaran las historias de amor...

—¡En serio! —contestó ella, imitando su tono.

Kirk arqueó una ceja y la miró.

—La verdad es que no te imagino como una de esas mujeres que va con zapatillas de satén rosa y come trufas —dijo Kirk—. ¿Ocurre algo? —le preguntó al ver que ella lo miraba en silencio.

—La tuya es la típica actitud machista y equivocada sobre las novelas rosas. ¿A que no eres capaz de encontrar ninguna heroína con zapatillas de satén rosa y que coma trufas en ninguna de esas novelas? Están demasiado ocupadas preparándose tanto física como intelectualmente para hacer frente a las adversidades.

Él la miró divertido.

—Me encantan los retos. Acepto.

Su respuesta le dejó un momento sin palabras. Jamás había conocido a ningún hombre deseoso de explorar algo nuevo y romántico. Bueno, al menos con un libro.

En ese momento se percató de que Kirk Dunmore era un explorador en más de un sentido. Una sensación de calor acompañó el conocimiento innegable de que aquel hombre empezaba a gustarle. Ya se había dado cuenta de que tan sólo el aroma masculino de su cazadora la provocaba, pero resultaba agradable saber que tenía la mente abierta y algo de femenino en su personalidad.

¿Sería de verdad del planeta tierra?

—¿Entonces por qué la parte histórica? —le preguntó Kirk mientras hojeaba uno de los libros.

—Bueno, yo leo de cualquier época de la historia, aunque mi preferida es la de los romanos. De los siglos primero y segundo antes de Cristo.

—¿Por qué? —le preguntó él.

—Estudié historia del arte y me especialicé en arte romano. Escribí una tesis sobre la conservación de las estatuas antiguas, centrándome sobre todo en una estatua del siglo segundo de Marco Aurelio.

—Qué interesante... —Kirk dejó el libro en la mesa y la miró a los ojos.

—Mi tía Mattie no lo cree así. Sigue preguntándose por qué no estudié contabilidad.

Kirk se echó a reír.

—Bueno, no estoy de acuerdo con tu tía. Tu elección me impresiona. Me sorprende y me impresiona al mismo tiempo.

—A mí lo que me ha impresionado y sorprendido es esa camioneta que llevas —dijo Bree para cambiar de tema.

—Para mí también fue una sorpresa —contestó Kirk—. Es un regalo de boda. Mi suegra, bueno, casi suegra, es una exagerada. Tiene demasiado dinero y mucho tiempo libre. Es una buena mujer, pero demasiado rica.

Bree recordó que aquel hombre se iba a casar. Por supuesto, ya lo sabía desde el principio. Pero eso no impidió que sintiera una gran decepción.

Murmuró entre dientes que debía irse a dormir y cerró los ojos para no pensar más en él y pensar en otra cosa. Como por ejemplo en lo que iba a hacer al día siguiente. Entonces abrió los ojos y se quedó mirando al techo mientras se preguntaba por qué las autoridades no se molestaban en comprobar que en todo aquel lío *ella* era la inocente.

Sencillamente tendría que actuar con habilidad cuando volviera a Chugwater al día siguiente. Metería a Val en un corral que había en el extremo sur del terreno del señor Connors. Después entraría en el pueblo sin ser vista, y por las ventanas traseras del salón de peluquería de Mary Jane Tock se enteraría de los últimos cotilleos. Después decidiría qué hacer.

—Pensé que querías dormir —le dijo Kirk.
Ella lo miró.
—Y yo pensé que estabas leyendo.
—No he encontrado ninguna novela rosa histórica.

A Kirk le gustaba que Bree sonriera. Cuando lo hacía le salían dos hoyuelos preciosos en las mejillas y sus ojos grises brillaban como si cada uno encerrara un racimo de estrellas titilantes.

Además estaba guapa así, con la tez fresca y rosada, limpia y sin gota de maquillaje.

Le resultó extraño pensar en la última vez que había visto a Alicia sin maquillar. O cómo era su aspecto sin maquillaje. En los dos años que la conocía siempre la había visto llena de pintura y Dios sabía qué más. Incluso utilizaba lentillas de colores. Si alguien le preguntara de qué color tenía los ojos su prometida, tendría que decir verde esmeralda o azul cobalto.

Tal vez Alicia tuviera suficiente dinero para pasarse el día acicalándose, pero también había utilizado sus contactos en pos de distintas buenas causas, como por ejemplo donar una cantidad importante al Museo de Ciencias Naturales para la investigación y la organización de exposiciones. Y allí se habían conocido hacía dos años, cuando ella había organizado una recogida de fondos para construir la réplica que tenía el museo del Laberinto del Minotauro, que estaba adquiriendo reconocimiento a nivel nacional por su estudio de la mitología antigua.

Sí, apreciaba e incluso admiraba a Alicia. Pero sobre todo ambos compartían el sueño común de echar raíces, las raíces que él jamás había tenido, y de formar una familia.

Miró a Bree, que con sus ojos grises y su cabello castaño rizado, era totalmente opuesta a Alicia. Alicia era refinada, mientras que Bree parecía salvaje. Salvaje e incontrolable, como los elementos; parte viento, parte sol, toda ella espíritu y energía. Jamás había conocido a una mujer como ella.

Y tal vez fuera tarde, pero tenía ganas de saber un poco más de ella... En realidad, después de esa noche, no volverían a tener la oportunidad de volver a hablar en su vida.

—¿Y dónde estudiaste? —le preguntó él.

—En Laramie, con una beca que me dieron para jugar al voleibol. Primero empecé estudiando psicología, pero después de hacer un curso de arte romano cambié de especialidad. Me encanta el arte antiguo. Esos relieves antiguos son tan realistas y están tan llenos de pasión... Son tan distintos a todo lo que había conocido al criarme en un sitio como Chugwater.

—¿Qué querías hacer con el título?

—Escapar de Chugwater. Viajar por el mundo y ver todo el arte antiguo que pudiera.

Él jamás se había escapado de ningún sitio. Nunca había sentido ese deseo. Seguramente porque de pequeño se había mudado muchas veces de un sitio a otro, y también porque en su profesión había viajado por todas partes, que lo que menos deseaba era viajar.

—Y bien... —empezó a decirle él mientras reflexionaba sobre las palabras de Bree—. ¿Ahora estás escapando de Chugwater?

—Casi —le susurró—. Anoche.

Se quedó en silencio tanto rato que él supuso que debía cambiar de tema.

—A mí me encanta el arte antiguo. El arte de las plantas.

Ella arqueó las cejas.

—¿Cómo?

—Estudio fósiles provenientes de plantas, sobre todo los del periodo que comprende de sesenta a cien millones de años.

Bree silbó por lo bajo.

—Vaya, eso sí que es antiguo. Y yo tan orgullosa del arte de los siglos segundo y primero antes de Cristo.

—Mi especialidad es la línea KT. La era en la que se extinguieron los dinosaurios —hizo una pausa—. Normalmente no suelo seguir hablando a no ser que esté charlando con científicos o con «revienta piedras».

Bree lo miró con interés.

—¿Qué es la línea KT? —le preguntó de pronto.

Él sonrió.

—Es la línea de iridio que indica que un asteroide, más o menos del tamaño del Denver actual, cayó a la tierra, provocando la extinción de los dinosaurios —respondió mientras ella continuaba mirándolo con los ojos brillantes—. Así que excavando fósiles de esa era también estudio los rastros de la línea KT y puedo señalar con exactitud cuándo desaparecieron los dinosaurios de la tierra.

—¡Caramba! ¡Qué interesante! —exclamó Bree.

Él sonrió. Alicia jamás se había emocionado tanto con su trabajo.

—Vaya, gracias. A mí también me lo parece.

—¿Y qué es un «revienta piedras»? —preguntó Bree.

—Nosotros, los paleobotánicos, y cualquiera que se una en nuestras excavaciones, reventamos piedras para descubrir fósiles embebidos en la piedra, que típicamente contienen hojas antiguas. Por eso se llaman «revienta piedras».

—Esta línea KT... ¿Dónde está?

—Hay secciones por todo el globo. Lo interesante es encontrar la unión, las capas de iridio que puedan demostrar mi teoría.

Ella abrió mucho los ojos.

—¿Quiere decir eso que viajas por todo el mundo?

Él asintió.

—Por muchos sitios, claro.

Ella juntó las manos como una niña pequeña.

—Eres un hombre afortunado, ¿lo sabías?
—Afortunado porque me encanta mi profesión. Pero mis sueños personales son más sencillos —dijo en tono bajo—. He visto el mundo. Y quiero uno más pequeño. Quiero echar raíces.
—¡Yo para nada!
—Y bien —empezaba a relacionar el sueño de esa chica con su situación presente—. ¿Cuándo piensas ir a ver mundo?
—No lo sé. Ahora mismo necesito volver a casa...
Se le empañaron los ojos y volvió la vista.
Al quedarse así unos instantes, él se levantó y fue hacia la cama. Vaciló un momento, pero enseguida estiró el brazo y le acarició la cabeza. Le gustaba el modo en que sus bucles sedosos se enredaban entre sus dedos.
—Lo siento —le dijo, no muy seguro de por qué lo sentía, pero deseoso de poder consolarla al menos.
—Ha sido un día muy largo —le susurró ella.
Entonces lo miró, y Kirk percibió una tristeza tan grande en sus ojos grises que se preguntó qué les habría pasado exactamente a ella y a su «mascota». ¿Estarían huyendo de algo?
Hasta ese momento se había creído lo que ella le había contado; que los habían dejado en la carretera. Después de todo, estaban en Colorado, una región de mucho ganado. Pero al ver el dolor que empañaba sus ojos supo que había algo más. Como no quería indagar más para no herirla, se limitó a acariciarle la cabeza.
Momentos después, Bree cerró los ojos y se durmió.

Capítulo 4

—AHÍ está —Louie apagó los faros y avanzó por una calle lateral hasta a la calle principal de Nederland.

—¿El qué está dónde? —le preguntó Shorty mientras pegaba la nariz al parabrisas, como si así fuera a ver mejor.

—Delante de nosotros, a unos treinta metros —respondió Louie, señalando la camioneta grande y amarilla que rezaba Rancho Montañés de Nederland en letras azules y rojas en las puertas traseras—. Es grande, amarilla y pone exactamente lo que nos dijo ese borracho.

—¿Ah, sí?

—Sí —dijo Louie entre dientes—. Lo tienes delante de las narices. ¿Es que estás ciego?

—No hace falta que te pongas así, Lou —murmuró Shorty—. Ya lo veo.

—Lo siento —dijo Louie aunque no lo sentía, sino que lo hacía para que Shorty no se pusiera sentimental y tristón y estropeara la oportunidad de agarrar al toro y de quedarse con medio millón de dólares cada uno—. Eh, qué amarilla es esa camioneta —añadió Louie, tratando de mostrarse de lo más amistoso posible—. Es como seguir a un bloque de mantequilla.

—Sí, un bloque de manteca.

—Tú y yo, Shorty, hemos sido muy inteligentes al elegir un tráiler negro porque así de noche no se nos ve.

No lo decía en serio eso de que Shorty fuera inteligente, pero a veces era bueno halagar a los demás.

—En este momento —continuó Louie en tono tan ligero como las brisas de Los Cayos donde muy pronto estaría viviendo—, nos fundimos con la noche como la crema de chocolate que adorna una tarta. Ese tipo tendría que estar pegado al espejo lateral para darse cuenta de que lo estamos siguiendo.

—Como la crema de chocolate que adorna una tarta —repitió Shorty mientras daba la última calada de su cigarrillo, que seguidamente lanzó por la ventana.

La candela trazó un semicírculo en la oscuridad, y Louie le dio un golpe a Shorty en el brazo.

—Muy bien. La próxima vez, ¿por qué no enciendes una hoguera? —le dijo perdiendo la paciencia.

Shorty subió la ventanilla.

—¿Qué...? ¿Una hoguera?

—Acabamos de encontrar nuestro objetivo —Louie señaló con la cabeza la camioneta amarilla que tenían delante—, ¡y tú vas y tiras un cigarrillo encendido por la ventanilla! ¡Cuántas veces tengo que decirte que hay un cenicero aquí! ¿Pero, lo has usado? No, es mejor hacerle saber a ese tipo que lo estamos siguiendo, ¿verdad?

—La próxima vez utilizaré el cenicero, Lou.

—Eso me dijiste la última vez. Ahora, cállate. Me estoy concentrando.

Louie condujo más despacio, aumentando la distancia con la camioneta.

—Va demasiado deprisa para llevar a un toro detrás —comentó Shorty.

Louie había pensado lo mismo cuando había visto la camioneta girar por la calle por la que iban. De pronto, la camioneta del Rancho Montañés de Nederland giró a la derecha y aparcó en un lugar bien iluminado, entre una moto y un coche. Louie se metió en un aparcamiento cercano convenientemente oscuro, donde no había farolas.

—Un lugar estupendo para vigilar —comentó mientras apagaba el motor.

Dios, qué bueno era.

Louie rezó una oración de agradecimiento a San Antonio por la farola que estratégicamente iluminaba la camioneta amarilla.

—¿Por qué se ha parado ahí? —preguntó Shorty mientras jugueteaba con el paquete de tabaco que llevaba en el bolsillo de la cazadora.

—¿Es que no sabes leer? Mira el maldito luminoso —respondió Louie.

Sobre la puerta trasera del edificio de ladrillo en el que seguramente muy pronto entraría el señor del rancho montañés, había una señal morada y naranja que decía «Ned Head Ed's» junto a un dibujo de una botella de cerveza.

—¿Ned Head Ed's? —repitió Shorty, entrecerrando los ojos mientras se fijaba en la señal—. ¿Qué es Ned Head?

—Ned es una abreviatura de Nederland. Si te hubieras fijado mientras cruzábamos el pueblo habrías visto el nombre Ned en la mayor parte de las tiendas que hemos pasado.

—¿Pero Ned Head?

Louie resopló con impaciencia.

—¿Es que nunca has oído hablar de los Dead Heads? ¿De Jerry García? ¿De los Grateful Dead?

Shorty permaneció en silencio un momento.

—¡Ah! —dijo finalmente—. Es un juego de palabras. En lugar de Dead Head, Ned Head. Es muy bonito.

Ojalá aquello terminara pronto. Dos días más con Shorty y Louie sería capaz de casarse con su tercera esposa, que no sólo le hacía menos preguntas, sino que las pillaba más deprisa.

—¡Ahí está! —exclamó Shorty al ver a un hombre con coleta saliendo de la camioneta amarilla.

Llevaba las manos en los bolsillos del pantalón. Avanzó tranquilamente hacia al entrada trasera del bar y desapareció por la puerta.

—Ve a mirar si ahí dentro hay un toro —le ordenó Louie a Shorty mientras movía un interruptor para que no se encendiera la luz cuando el otro abriera la puerta.

—¿Yo solo? ¿Viste lo que abultaba ese animal allí en la feria? —dijo Shorty.

—Sólo quiero que te acerques por detrás y mires por la ventanilla.

—Pero fuera hace un frío que pela.

—Llevas puesto un abrigo, Shorty.

—Y tú. Además el tuyo es de piel.

Louie ya había pensado que aquella discusión surgiría antes o después.

Hacía una semana, cuando se habían metido en aquel asunto, se había visto obligado a salir a comprar ropa para el clima invernal de Colorado. Shorty había comprado un jersey horrible y un abrigo de lona, mientras que Louie había escogido un chaquetón de piel vuelta. Desde que habían llegado a Colorado y se habían puesto los abrigos, Shorty no había dejado de mirarle el chaquetón con ciertos celos.

Pero hacía ya mucho tiempo que Louie estaba acostumbrado a ese tipo de miradas; a los tipos que lo miraban con envidia por su ropa, por sus coches, por sus mujeres... No era fácil ser un tipo con clase.

—Estoy conduciendo —dijo Louie—. Tú estás sentado. ¡Ahora, sal!

Apretó el puño, listo para darle un golpe.

Shorty emitió un sonido de protesta y saltó del vehículo. Se encorvó como si fuera una especie de animal rechoncho y avanzó entre dos contenedores de basura. En el mismo instante en el que Shorty alcanzaba la camioneta amarilla, la puerta de atrás del local se abrió y salieron el conductor y otros hombres transportando unas cajas que llevaron a la camioneta.

Shorty, a unos dos metros de la furgoneta, se quedó quieto. Lentamente, se puso derecho y empezó a silbar y a avanzar despacio, como si estuviera dando un paseo. Lo cual podría resultar convincente si en la calle no hiciera más frío que en un congelador.

Louie suspiró pesadamente.

—Podrías haberte hecho pasar por borracho o esconderte detrás de un contenedor —dijo en voz alta, aunque nadie lo oía—. Pero no, te pones a hacer como si estuvieras dando un maldito paseo en un maldito aparcamiento, en una noche tan fría como ésta —concluyó mientras daba un golpe con el puño en el salpicadero, deseando que fuera el cráneo de Shorty.

Afortunadamente, ninguno de los que habían salido del bar pareció fijarse en el teatro de Shorty. Fueron a la parte de atrás de la furgoneta y abrieron las puertas.

Louie se asomó hacia la izquierda y pudo ver la parte de atrás del vehículo.

No había ningún toro.

Volvió a golpear el volante.

—Me cachis en... Tomamos un avión hasta Colorado, alquilamos este cacharro para poder meter al toro y perdemos lo que habíamos robado. ¡Así de claro!

Esa chica tenía agallas. Les había robado el toro montándose sobre la bestia y saliendo así del recinto ferial, como una reina del rodeo. Y era la última vez que Shorty iba a sobornar a unos policías para que lo ayudaran. En lugar de eso se habían quedado estupefactos al ver cómo ella salía corriendo montada sobre el animal.

Shorty había dado un rodeo para volver paseando hasta el tráiler negro.

—¿Es que te has vuelto totalmente loco? —murmuró Louie—. ¿Por qué pasas justo delante de la gente que estamos siguiendo? ¿Crees que necesitamos ayuda extra para ser identificados?

Unos minutos después, Shorty abrió la puerta y se metió en el camión.

—No hay ningún toro —dijo Shorty.
—Ya lo sé —respondió Louie.
—¿Y cómo ibas a saberlo?
—He estado sentado aquí, viendo cómo abrían las puertas traseras de la camioneta. ¡También te estaba mirando a ti, que has pasado cerca de ellos no una vez, sino dos! ¿Por qué no has aprovechado para presentarte?

—No me vieron, Lou —dijo Shorty en tono tristón.

Su tercera esposa le parecía cada vez más una posibilidad mejor. Louie se agachó un poco mientras observaba a los hombres metiendo unas cajas en la furgoneta.

—Nos vamos a quedar hasta que los otros hombres se marchen, y después conversaremos un poco con nuestro amigo, el de la coleta.

—¿Para qué? No hay ningún toro.

Se oyó el rascado de una cerilla y Shorty se encendió el cigarrillo con cuidado de ocultar la cerilla en el hueco de la mano.

—Tal vez no tenga el toro ahora mismo en la camioneta, pero sabe dónde dejó a nuestra mina de oro.

—Mina de oro... —repitió Shorty mientras soltaba una bocanada de humo.

Louie sonrió. Sí... En cuanto terminara aquello la vida sería muy dulce.

Pasaron unos minutos mientras los hombres cargaron las cajas en la camioneta del rancho montañés; entonces los tipos, exceptuando el de la coleta, volvieron al bar.

—Está solo —anunció Shorty mientras apagaba el cigarrillo en el cenicero con exageración.

—Vayamos a charlar un rato con él —dijo Lou mientras se subía el cuello del chaquetón para cubrirse las orejas.

—¿Llevamos el arma? —preguntó Shorty.

Louie negó con la cabeza.

—No hace falta llevar pistola para convencerlo de que sólo queremos que nos dé un poco de información. Me da la impresión de que cantará con cierta facilidad. Como un canario.

—Pío, pío —dijo Shorty mientras abría la puerta.

Kirk bostezó y abrió los ojos.

Delante de él, como dos columnas doradas, había una par de piernas largas, torneadas. Paseó la mirada adormilada por las piernas en dirección ascendente; pasó por los muslos y se atrevió a continuar...

Ella se movió y un rayo de sol le dio en los ojos. Los entrecerró para protegerlos de aquella luz cegadora.

Ella se movió de nuevo y su cuerpo volvió a tapar el sol. Kirk se atrevió a abrir un ojo y después el otro. Lo que tenía delante era un trasero muy redondo embutido en unas braguitas color crema.

Ella se inclinó hacia delante y el trasero redondo se ensanchó provocativamente, lo que causo que la tela elástica de las braguitas se estirara hasta que el tono crema rosado se volviera casi transparente; tanto que el color tiraba más a carne que a crema.

Kirk se pasó la lengua por los labios, repentinamente secos, mientras notaba cómo se le aceleraba el pulso. No era ningún color carne. Era carne en sí.

Se le encogió el estómago y sintió que se le encendían las mejillas. Pestañeó rápidamente, sorprendido de la rápida reacción física que estaba experimentando. Él, que siempre se había enorgullecido de su intelecto. El doctor Dunmore, conocido a nivel mundial, galardonado con numerosos premios, descubridor de una nueva especie de dinosaurio... sufría una fiebre carnal.

Mientras se esforzaba en respirar normalmente, Kirk observó a Bree que se ponía un par de pantalones vaqueros que cubrieron aquel trasero tan apetitoso.

—¿Me estás mirando? —preguntó Bree.

Lo había pillado.

Él levantó la vista.

—No, esto... estaba mirando cómo salía el sol.

¡Maldita sea, se iba a casar dentro de cuarenta y ocho horas!

Ella se dio la vuelta, con las manos en jarras sobre sus amplias caderas.

—La verdad es que eres de otro planeta, ¿verdad?

Haciendo un esfuerzo enorme, respondió sin dejar de mirarla.

—De Gor.

—¿Cómo?

Él se aclaró la voz.

—De Gor.

Y era bastante cierto, porque Kirk Dunmore sin duda no se adecuaba a los patrones estúpidos por los que los hombres estaban cortados. No jugaba al billar, no bebía cerveza y había decidido hacía tiempo que tirarse a una mujer resultaba despreciable tanto para la mujer como para el hombre.

Así que si Gor era lo suficientemente bueno para Tarl Cabot, también lo era para Kirk Dunmore.

Bree lo miró con extrañeza.

—¿Gor es donde los paleobotánicos encontráis los fósiles?

—No, es lo que los paleobotánicos decimos para disimular cuando nos sorprenden mirando boquiabiertos el cuerpo de una mujer. Un cuerpo maravilloso, si me permites añadir.

¿Se estaría sonrojando ella? Kirk sintió de nuevo aquel tirón peculiar en las entrañas, y por un momento de locura se preguntó si tal vez, sólo tal vez, ella estaría sintiendo lo mismo que él.

Bree se dio la vuelta, se sentó en la cama y empezó a ponerse los calcetines y las botas.

—Sé que hemos estado tonteando un poco los dos, pero el hecho es que eres un hombre casi casado, Kirk —dijo ella en voz baja.

Casi casado. Kirk sintió frío desde las puntas de los dedos de los pies hasta las del cabello. Sí, sí. Su mejor amigo, George, que estaba felizmente casado y tenía dos hijos, había reconocido que incluso a él le había entrado miedo antes de dar el sí quiero hacía cinco años.

Kirk suspiró ruidosamente. Sólo se trataba de eso; no eran más que los nervios previos al enlace. Reflexionó acerca de cómo y por qué se había enamorado de Alicia. Cuando la había conocido su vida amorosa era inexistente. Y cuando le había hablado a ella sobre su reciente descubrimiento de la hoja de cinco lóbulos del periodo Terciario con casi cuarenta y cinco millones de años de antigüedad, le había encantado el modo en que lo había mirado fijamente con sus ojos azul cobalto, tremendamente fascinada.

Y cuando había murmurado que siempre había deseado tener en su vida a un hombre inteligente y prestigioso, había supuesto que aquella chica de Cherry Creek estaba enamorada de él.

Después de salir con ella unas cuantas veces, mientras hablaban de su deseo mutuo de formar una familia, de echar raíces y de tener hijos, Kirk se había dejado llevar por sus impulsos y había hecho la primera cosa espontánea de su vida.

Le había pedido que se casara con él.

Y su respuesta afirmativa se había llevado de un plumazo todos los años que había pasado solo, mudándose de una ciudad a otra, llamando papá al menos a seis tipos diferentes. Por fin, Kirk Dunmore estaba a punto de tener lo que siempre había deseado: raíces, una familia, hijos...

Y todo eso le había parecido bien hasta que... Bueno, hasta que había conocido a Bree.

Porque cuando se había despertado esa mañana y había visto a Bree con la cara lavada, paseándose medio desnuda por la habitación con toda naturalidad, había reaccionado de tal modo que hasta él se había quedado sorprendido.

No recordaba haberse sentido jamás tan alterado con Alicia. A lo mejor si su prometida no se pasara el día echándose potingues y hablando por el móvil, tal vez se habría sentido más conmovido.

O tal vez no tenía nada que ver con el maquillaje y los móviles. Tal vez fuera sencillamente que a Alicia ya no parecía interesarle su investigación en absoluto. Meses atrás lo había atribuido a su preocupación con los preparativos de la boda, pero a veces se preguntaba qué sería lo que le preocuparía después del enlace...

—Voy a ver a Val —dijo Bree, interrumpiéndole los pensamientos.

—De acuerdo —contestó él—. Saldré a buscarte en cuanto piense dónde encajan algunas piezas de este rompecabezas.

Kirk ignoró su mirada interrogante antes de salir por la puerta y se frotó los ojos. Tenía muchas cosas en las que pensar ese día.

Lo primero era conseguir gasolina. Después tenía que ponerse en camino a Denver. En tercer lugar tenía que llamar a George y pedirle que llevara a Val y a Bree hasta Chugwater. Lo habría llamado ya si no supiera que George y su familia hacían la compra los sábados por la mañana. Así que Kirk esperaría un poco más.

Después estaba aquella temida cena ensayo en la mansión que la familia de Alicia tenía en Cherry Creek. ¿Alicia le había dicho a las cuatro o a las cinco? Bueno, o bien a una hora o a la otra. La familia nunca esperaba que Kirk fuera puntual y atribuían su despiste a que era un científico. Aunque llegara tarde, se perdiera o se le olvidaran las cosas, siempre excusaban al «famoso científico».

Se levantó del sofá y se metió arrastrándose en el cuarto de baño, donde se lavó la cara con agua fría. De algún modo, entre medias de las actividades del día, también necesitaba ir a echar un vistazo a la excavación de la I 25. Presentía que estaba próximo a descubrir algunos fósiles poco comunes allí. Además, la semana anterior había encontrado aquella exótica piedra grabada... Una piedra muy poco común, de al menos dos mil años de antigüedad. Estaba deseando enseñársela a George.

—¡Eh! —le gritó Bree desde la habitación—. ¿Vas a salir o te vas a pasar todo el día ahí acicalándote?

Sonrió. ¿Acicalándose él? Sonaba como algo que él le dijera a Alicia.

Minutos después salía a la trasera del hostal donde Val estaba atado a un pino. Era un lugar acogedor, oculto a las miradas de los curiosos, situado entre las ventanas de la habitación de Bree y el bosque. Además, allí había suficiente hierba para que el toro pastara. Bree estaba acariciándole la cabeza, que parecía tan grande como su torso, mientras le hablaba al animal.

—Todo va a salir bien. Muy bien. Tú y yo volvemos a casa hoy. Tal vez no haya podido llegar a Europa, pero ya lo haré con el tiempo —le rascó el lomo—. Después de todo lo que hemos pasado, tenemos que llevarte a casa, donde podrás comer toda la hierba y la avena que quieras en el prado del señor Connors. Mientras tanto, me voy a poner en contacto con Bovine Best, aclarar la confusión sobre el fracaso del contrato verbal y ver si siguen interesados en comprarte...

Bree sollozó. ¿Estaba llorando?

Kirk se detuvo, sin saber qué hacer. ¿Debería retirarse? ¿Dejarla a solas con el animal? Pero justo cuando iba a darse la vuelta, Bree lo saludó con dulzura.

—Buenos días.

Kirk se dio la vuelta.

—Buenos días —observó el juego de luces y sombras que los rayos del sol proyectaban sobre su cabello, destacando el dorado y el caoba de aquellos bucles castaños.

Kirk vio a Bree tal y como era, tan fuerte por fuera y tan tierna y dulce por dentro.

—Val, mira quién ha venido a vernos. Nuestro héroe, Kirk —dijo con aquel tono aterciopelado de voz que le causaba estremecimientos—. ¿Te acuerdas que nos recogió anoche? Gracias a él tú has dormido en este lugar tan cómodo... y yo hice lo mismo en una cama igualmente confortable. Venga, vamos a darle las gracias a este hombre tan agradable.

—No es nada —dijo Kirk con un gesto de timidez.

Pero Bree se echó a reír con esa risa de niña que lo enternecía de un modo especial.

—Vamos —insistió Bree—. Deja que Val te dé las gracias.

Sin dejar de sonreír, Bree le indicó con el dedo que se acercase. Los hoyuelos de sus mejillas consiguieron que se derritiera por dentro.

Él avanzó, dispuesto a hacer lo que le pedía.

—Ráscale aquí —le dijo en voz baja mientras le tomaba la mano y la colocaba en el espacio que había entre los cuernos de Val.

Kirk intentó concentrarse en rascar al animal, pero en ese momento era mucho más consciente de la suavidad de las manos de Bree. Y de sus dedos. Tenía los dedos largos, tan largos que se enroscaron con los suyos. A Kirk le gustó entrelazar los dedos con los de ella; le parecía tan natural como si lo hubieran hecho ya cientos de veces.

Durante los minutos siguientes, Bree y él permanecieron el uno al lado del otro, acariciándole la cabeza a Val y tocándose las manos... sin querer, por supuesto.

Pasados unos minutos, Kirk se volvió hacia Bree.

—Le dije a Alicia que la llamaría esta mañana, para decirle cuándo voy a llegar...

—Debe de estar preocupada por ti, de que te hayas quedado sin gasolina y todo eso.

—Pues la verdad es que Alicia no se preocupa de ese tipo de cosas.

Le preocupaba que Kirk llegara tarde, o que no fuera vestido adecuadamente, o que se equivocara de camino.

Bree miró a Kirk, y en sus ojos él vio algo que no sabía descifrar.

Su intención era darse la vuelta y volver a la habitación, pero se le ocurrió que quería quedarse para ver cómo la luz del sol iluminaba su cabello, para disfrutar del brillo de su piel al aire libre, para ver cómo se curvaban sus labios al hablar. Y, si tenía suerte, tal vez consiguiera ver de nuevo aquellos hoyuelos tan encantadores...

Estaban tan cerca que casi podía oír los latidos de su corazón. Y se dio cuenta de las ganas que tenía de saber lo que sentiría cuando la abrazara, cuando la estrechara contra su cuerpo...

Sintió que algo le rozaba la espalda. Volvió la cabeza y vio que Val estaba frotando su enorme cabeza contra su espalda.

—Le gustas —dijo Bree.

—Tal vez, pero me preocupan esos cuernos que tiene...

Bree se echó a reír.

—Confía en mí. No te haría daño con los cuernos. Sólo está examinándote con el morro.

—Tengo que ir a llamar a Alicia —dijo Kirk repentinamente.

No le importaba rascarle la cabeza a un toro, pero que un toro lo acariciara a él era distinto. Ni siquiera Tarl Cabot estaría de acuerdo. Kirk estaba bien seguro de ello.

Minutos después, Bree entró en la habitación y encontró a Kirk hablando por teléfono. Se le ocurrió que podría haber utilizado el teléfono de su habitación, aunque a ella le daba igual. En Chugwater nadie cerraba las puertas, así que la gente siempre estaba entrando y saliendo de las casas ajenas. De modo que encontrar a Kirk en su habitación era casi como estar en casa.

De pronto echó de menos estar en Chugwater; en su hogar, en el lugar que tantas ganas tenía de abandonar. ¿Cuántas veces había dicho que quería largarse de su pueblo y ver mundo? Sin embargo... en momentos insensatos como aquél... no podía evitar preguntarse si a uno le merecía la pena perder sus raíces para perseguir su sueño.

—Sí, cariño, te llamo desde la gasolinera para que sepas a qué hora salgo —dijo Kirk—. No, no llegaré tarde.

Caramba. ¿Acaso su prometida necesitaba conocer siempre todos sus movimientos? Tal vez la mayoría de las personas casadas fueran así. Precisamente otra razón por la que Bree había anulado el deseo de establecerse. Quería ser libre, sin tener que darle cuentas a nadie.

—¿Cómo? —Kirk se puso derecho inmediatamente—. Oh, no —se llevó la mano a la cabeza—. Pobre Robbie. ¿Qué ha pasado? —pausa—. ¿Que se ha roto el qué? —pausa—. Eso se llama fémur. Alicia, no te pongas nerviosa. Mi padrino está metido en un hospital de Los Ángeles y no puede llegar a la boda. Vale. Cosas peores han pasado. Lo que importa es que Robbie esté bien —levantó la vista hacia Bree—. Oye, tengo que dejarte —pausa—. Yo también. Sí, querida —dijo antes de colgar.

—Siento lo de tu padrino —dijo Bree.

—Se ha roto la pierna haciendo una tontería en un concurso —Kirk miró a Bree—. Gracias. Supongo que a Alicia también le preocupa la salud de Robbie, pero está más preocupada con los preparativos de la boda... —su voz se fue apagando.

—Bueno —respondió Bree, intentando aliviar la pesadumbre que se había instalado en el ambiente—. Son casi las nueve. Si vamos ahora a por la gasolina podemos estar en Denver hacia las diez y media o las once. Luego dices que tu amigo George puede llevarnos a Val y a mí a Chugwater, lo cual significa que te dejaré en paz y puedes hacer todas esas cosas divertidas antes de la boda.

Kirk la miró, y a Bree le pareció ver cierta tristeza en esa mirada.

—No hace falta comprobar que no hay moros en la costa —dijo finalmente—. Aunque alguien nos vea sacando al toro, pensarán que hemos vuelto a la tierra, a la vida de los sesenta.

—Pero estamos en el siglo veintiuno.

—En Nederland no. Aquí los años sesenta viven eternamente. Deja que saque las llaves... —se sacó las llaves de un bolsillo—. A ver cuánto dinero llevo para gasolina... —se metió la mano en el bolsillo de atrás del pantalón—. Qué raro, no tengo la cartera... —miró a su alrededor—. ¿La has visto por algún sitio?

Bree volvió la cabeza bruscamente hacia la ventana, intentando controlar una oleada de pánico.

—Val —susurró.

—¿Qué? —dijo Kirk.

—Val ha estado dándote con el morro, ¿no?

—Sí. ¿Y?

—Y... —Bree tragó saliva— A lo mejor te ha sacado algo del bolsillo y...

—¿Y qué?

—Y se lo ha merendado.

Kirk la miró fijamente mientras asimilaba el significado de sus palabras.

—¿Quieres decir... que tu toro... podría haberse comido lo que llevaba en el bolsillo de atrás? —Kirk sacudió la cabeza muy despacio—. Mi cartera, mis tarjetas de crédito, mi dinero...

Bree pestañeó rápidamente.

—Lo siento. Lo siento muchísimo.

Kirk levantó una mano.

—Analicemos el problema —fijó la vista en la distancia un instante antes de continuar—. Podemos llegar a la ciudad porque la carretera hasta Nederland es cuesta abajo, pero tendré que llamar a Alicia y pedirle que me gire dinero, o tal vez ponerme en contacto con alguna de sus amistades ricas que viva por la zona para que nos pueda hacer un préstamo...

—No es mal plan —dijo Bree en tono animoso.

—Sí, pero si Alicia se entera de que he pasado la noche con... —le echó una mirada a Bree.

—¿Te preocupa que Alicia piense que hemos dormido juntos?

Él asintió.

—Entonces es mejor para ti si conseguimos dinero sin que Alicia se entere —dijo Bree, que se quedó pensativa un momento—. ¿Bastarán treinta o cuarenta dólares para llenar el depósito?

—Para llegar a Denver, seguramente será suficiente con quince o veinte.

—¡Bien! —dijo Bree con los ojos brillantes—. ¡Tengo la solución! —volteó los hombros y sonrió con orgullo—. Iremos a la ciudad, buscaremos un bar y...

Kirk esperó a ver lo que decía.

—¿Y qué?

Bree sonrió muy contenta.

—Y me desnudaré.

Capítulo 5

¿DESNUDARTE?
Fue la primera palabra que dijo Kirk después de que aquel toro, Bree y él hubieran desandado el trayecto hasta donde habían dejado la camioneta la noche anterior. No había dicho ni palabra, ni siquiera mientras ayudaba a meter a Val en la parte de atrás del vehículo. Pero en ese momento, una vez que Bree y él estaban sentados ya en los asientos delanteros, dispuestos a llegar rodando hasta Nederland, decidió abordar el tema del desnudo.

—Sí, desnudarme —corroboró Bree con dulzura, como si estuviera hablando de las mariposas que se posaban en las flores y no de hacer un *strip tease*—. Caramba, mi mejor amiga lo hizo en una cafetería a las afueras de Butte, en Montana, el verano pasado y consiguió veinte dólares rápidamente... lo suficiente para que pudiéramos comprar un billete de autobús de vuelta a casa.

—¿En una cafetería? Pensé que en esos sitios se servían café y bollos, no cuerpos desnudos.

Desnudos. No debería haberse metido en ese tema. Su imaginación se regodeó de nuevo con lo que había visto esa mañana a través de aquellas braguitas super finas.

Bree emitió un sonido de exasperación.

—Sabes, estar desnudo no es para tanto, al menos para una chica del campo como yo. Si lo piensas bien, todos nos desnudamos cada noche de nuestra vida. Así que eso es lo que voy a hacer. Desnudarme como haría para meterme en la cama. Bueno, con un poco de baile incorporado.

—Desnudarse es... algo sexual —dijo él con voz ronca.

—¿Sexual? —Bree reflexionó—. Sí, bajo las circunstancias adecuadas, tienes razón. Pero nadie me va a tocar. Bueno, excepto para meterme billetes en las...

—Esta conversación ha terminado oficialmente —Kirk puso la palanca de cambios en punto muerto—. Voy a saltar, a empujar un poco la camioneta para que empiece a rodar y cuando lleguemos a Nederland veremos...

Maldita sea, no sabía qué era lo que tenía que ver. Tenía una chica que se quería desnudar, un toro y una furgoneta sin gasolina en sus manos; y desde luego no tenía tiempo para analizar aquel problema.

Aquél era un momento como los de Tarl Cabot. Había llegado la ocasión de actuar, no de hablar y pensar.

Abrió la puerta, saltó y se agarró al marco de la puerta antes de echar a correr para que la camioneta ganara velocidad. Cuando el vehículo empezó a rodar cuesta abajo, Kirk se metió de un salto, cerró la puerta con fuerza y se dijo que las personas que había en el vehículo seguían vestidas, al menos de momento...

Diez minutos después, tras un trayecto muy silencioso por la estrecha carretera número 119, la furgoneta entró deslizándose en la gasolinera de Nederland.

Kirk la condujo por el asfalto hasta una cabina telefónica y entonces pisó el freno. La camioneta se detuvo. No volvería a moverse si no era con un remolque o con el depósito lleno de gasolina, y por el momento no tenía modo de obtener ninguna de las dos cosas.

—Bueno —dijo mientras ponía el freno de mano—. Ha llegado el momento de llamar a la princesa.

Fue a abrir la puerta cuando Bree lo agarró del brazo.

—Escucha —dijo, sin saber exactamente por qué la llamada a Alicia no le parecía la mejor de las opciones—. Vamos a hablarlo un momento.

Kirk la miró con fastidio.

—Un momento.

—¿Te acuerdas anoche cuando me paseé por la habitación en ropa interior y camiseta? —le preguntó Bree.

Él emitió un sonido entrecortado y se puso colorado.

—Pues es más de lo que llevo puesto cuando voy a nadar al estanque del señor Connors.

Kirk emitió otro sonido inteligible.

—No me importa ser natural —le dijo Bree.

—Desnudarse no es natural —dijo Kirk con un hilo de voz.

—¿No lo es? ¿Entonces cómo lo llamas tú cuando te quitas la ropa de noche?

Él se aclaró la voz.

—Creo que ya hemos hablado de esto.

—Sígueme la corriente. ¿Cómo lo llamas tú a eso?

—Lo llamo quitarme la ropa.

—Es lo mismo.

Kirk soltó un suspiro de impaciencia.

—Para mí no lo es. Cuando me quito la ropa de noche, no lo hago para provocar a ninguna mujer.

—¿Ni siquiera a Alicia?

Kirk le echó una mirada.

—Eso es personal, pero en bien de la discusión te diré que no me desnudo para provocar a mi prometida.

—Qué pena...
—¡Se acabó el tiempo! —Kirk fue a salir.
—¡Espera!
Volvió la cabeza y arqueó una ceja.
—Mira —dijo ella en tono de súplica—. No quiero que Alicia venga hasta aquí y te encuentre con Val y conmigo.

A Bree le preocupaba que alguien de la ciudad, como por ejemplo Alicia, pudiera haberla visto en televisión. Tal vez la gente del campo no viera la tele, pero la princesa Alicia, después de encontrar a su hombre en compañía de otra, tal vez hiciera algo totalmente impropio para una princesa y los entregara a Val y a ella a la policía.

Lo cual era una locura en sí, ya que estaba casi segura de que había policías implicados en aquel intento de robo. Y no se refería a la policía de Nederland, pero si emitían la información por radio tal vez algún policía corrupto implicado en el asunto podría oírla y localizarlos inmediatamente.

—Bien —dijo finalmente Bree, esforzándose por controlar un ataque de histeria tan poco común en ella—. Vamos a hacer un trato. Dame diez minutos en ese bar. Si para entonces no tengo el dinero suficiente para gasolina, entonces llamas a Alicia.

Kirk la miró como queriendo decirle que ni hablar.

—En diez minutos —empezó a explicarle con impaciencia— podría sacar suficiente dinero para la gasolina que nos llevará hasta Denver donde tu amigo me llevará a Chugwater. ¡Y se acabó! Te dejo tranquilo y podrás ir a esa cena. Así de fácil —Bree miró a su alrededor—. Además, ésta es una bonita comunidad de montaña, no un sitio asqueroso y cutre. Y apenas son las diez de la mañana. Los tipos obscenos no van a los bares a estas horas...

—¿Y tú cómo lo sabes?
—Soy de Chugwater, donde sólo hay doscientos ha-

bitantes. Lo que uno encuentra a estas horas de la mañana en un bar son tan sólo vaqueros honrados tomándose un café, tal vez una cerveza, y se lo van a pasar en grande echándole unos cuantos billetes a una chica de campo que sólo quiere alegrarles la mañana.

Kirk frunció el ceño mientras asimilaba las palabras de Bree. Pasado un momento se volvió y la miró de hito en hito.

—Maldita sea, lo de desnudarme es más una broma que un problema, Kirk —añadió ella—. Y lo mejor de todo será que la princesa Alicia jamás sabrá que has pasado la noche previa a la cena ensayo de tu boda en la habitación de un hotel con otra mujer.

Kirk la miró con detenimiento.

—Eso es un golpe bajo.
—Pero cierto.
—Me estás haciendo chantaje.
—Sí, supongo que sí.

Miró hacia el hombre que servía la gasolina, que llevaba una de esas camisetas teñidas con nudos con las palabras «Compra Hierba. Sé Libre» escritas en la espalda de la prenda.

—A lo mejor ni siquiera hay vaqueros en esta ciudad —murmuró Kirk—. A lo mejor te vas a desnudar delante de un grupo de babosos.

—¿Cómo?

Kirk fijó la vista en la distancia mientras se imaginaba los días, las semanas, los meses que pasaría oyendo a Alicia quejarse acerca de la «aventura» que había pasado en Nederland con otra mujer.

—De acuerdo —dijo finalmente, aunque no parecía muy de acuerdo—. Te doy diez minutos para hacer ese *strip tease* con la condición de que yo me siente en primera fila, justo donde pueda protegerte si te pasara algo.

Bree sintió que se le ensanchaba el corazón al pensar en Kirk como en su protector. Con lo alta que era, nunca la había protegido ningún hombre. Si acaso, los hombres siempre habían bromeado con su altura y sobre cómo podría ella protegerlos a ellos.

Pero Kirk Dunmore no. Era como si ignorara lo más obvio y la viera como era ella en realidad. Y de pronto se sintió aún más valiente, sabiendo que él estaría ahí, vigilándola.

—Claro —respondió con suavidad—. Puedes sentarte en primera fila.

—Y *nadie* te tocará —añadió Kirk.

Bree asintió con la cabeza.

—Y sólo te quedarás... —paseó la mirada por su cuerpo y volvió a ponerse colorado— con las braguitas y la camiseta.

Bree reflexionó un momento.

—Braguitas.

—Y camiseta —añadió él.

—No, la camiseta me la quito también —dijo Bree.

—Ni hablar. No llevas sujetador.

Ella ahogó una sonrisa.

—¿Así que te has fijado?

—La camiseta no te la quitas —añadió él con énfasis.

—Me la quito —dijo ella con autoridad, desafiándolo—, si no he conseguido al menos veinte dólares llegado ese momento.

Él alzó la vista al cielo, como si fuera a encontrar la respuesta entre las nubes.

—Trato hecho —murmuró finalmente entre dientes.

No podía creerse que acabara de negociar un trato para que esa mujer se desnudara.

Diez minutos más tarde entraban en un edificio de madera encima de cuya puerta se anunciaba billar, comida y cerveza. Sobre todo cerveza. En el cartel de madera que colgaba sobre la puerta se leía el nombre del local: Neder Brewsky's.

—Aquí es —dijo Bree.

—Lo sé —murmuró Kirk, que había escogido ese bar después de haberse dado una vuelta por la zona que rodeaba la gasolinera.

Él había planeado entrar con Bree por el callejón que daba a la trasera de la gasolinera para llegar hasta el bar por la puerta de atrás. Pero ella se había negado. Había insistido en llevar a Val al callejón, porque según ella no quería que el toro se quedara encerrado en la camioneta en una calle tan transitada.

Kirk le había recordado que sólo estarían allí diez minutos. Pero Bree había respondido con esa voz autoritaria que ponía cuando estaba empeñada en conseguir algo, que si el grupo de moteros llegaba a la ciudad, Val tal vez se asustaría y empezara a pegar coces para salir de una camioneta tan elegante.

Así que, tal y como había ganado la discusión de quitarse o no la camiseta, ganó esa otra.

Después de dejar a Val bien amarrado a la valla que había detrás de Neder Brewsky's, donde el animal quedaba bien oculto, Kirk y Bree entraron en el bar.

El local estaba casi a oscuras, con tan sólo algunas luces colocadas sobre varias mesas de billar. El resto de la luz la emitían los luminosos de neón anunciando cerveza que había repartidos por todo el local. Al final de la barra había un grupo de personas, todas ellas con sombrero tejano. Un tipo con trenzas, vestido con una de esas camisetas teñidas con nudos que parecían como un uniforme por aquella zona, estaba secando vasos detrás de la barra.

—Ahora mismo vuelvo —le susurró Bree.

Kirk la agarró del brazo antes de que se marchara mientras, sin poder evitarlo, se la imaginaba desnudándose.

—En primer lugar, dime lo que vas a hacer —cerró

los ojos un momento—. De acuerdo, de acuerdo; ya sé lo que estás haciendo. ¿Pero podríamos discutir el plan?

¿Sopesaba aquella chica alguna vez sus opciones?

—¿Plan? —Bree suspiró con fuerza y se retiró la mano que le agarraba el brazo—. Voy a decirle al camarero lo que quiero hacer, a sobornarlo.

—¿A sobornarlo? —repitió Kirk—. Santo Dios, parece como si esto fuera un negocio mafioso.

Bree volteó los ojos.

—Deja ya de preocuparte por todo. ¿Haces lo mismo con tus fósiles?

—Los fósiles no tienen nada que ver con desnudarse.

—¿No los limpias, no compruebas sus características para después exhibirlos?

Al ver la respuesta silenciosa de Kirk, que la miraba boquiabierto y sin saber qué decir, Bree le guiñó un ojo y añadió:

—Ahora mismo vuelvo.

Se quedó allí de pie, sin poder moverse, sorprendido por el comentario de Bree y por su empeño en hacer un *strip tease*. Muchos compañeros suyos le habían contado cómo habían ido a Las Vegas y habían tirado un montón de billetes a aquellas mujeres que se desnudaban mientras bailaban, como si haciendo eso fueran más machos. A Kirk siempre le había parecido ridículo pagar a una mujer para que se desnudara... y muchas veces se lo había dicho a sus compañeros. Los hombres de verdad no pagaban, porque se ganaban solos los agasajos de una dama.

Sin embargo allí estaba él, casi se podría decir que haciendo de chulo de una dulce chica de campo.

Avanzó un paso, listo para decirle a Bree que cancelara el plan, pero ella ya estaba apoyada en la barra, con aquel trasero embutido en sus tejanos azules despuntando con sensualidad a la luz roja de neón de uno de los luminosos, mientras le susurraba algo al camarero.

El chico miró a Kirk, después a Bree y asintió.

Santo cielo. Acababa de ofrecerse para hacer un *strip tease* de diez minutos. Estaba seguro de que esa mujer sería capaz de negociar cualquier cosa.

Bree llamó a Kirk con la mano.

Él se dirigió hacia donde estaba ella, sin parar de pensar en un montón de cosas a la vez. De acuerdo, lo iba a hacer; miró a su alrededor y vio que tan sólo había unos cuantos vaqueros en el bar, algunos bebiendo café y otros cerveza, tal y como Bree había dicho. Y a esa hora de la mañana, dudaba mucho de que nadie se animara a cometer alguna estupidez.

Pero si alguien lo intentara, él le pegaría un puñetazo al pobre imbécil y...

Bree sonreía como una colegiala y lo llamaba con la mano. Cuando llegó a la barra, ella le señaló un taburete para que se sentara.

Él se sentó sin dejar de mirar a unos vaqueros que estaban sentados cerca de ellos.

—¿Quiere beber algo? —le preguntó el camarero.

—Sí —contestó Kirk en voz baja y con un resentimiento que ni él mismo reconocía—. Cola. Con mucho hielo por si necesito tirárselo a alguien encima.

El camarero lo miró un momento.

—Lo que quiera, colega.

El camarero le sirvió la bebida y después se volvió hacia el equipo de música y puso una canción *country* en la que un cantante de voz melancólica hablaba de una bella mujer a la que había dejado abandonada.

Kirk intentó no pensar en lo que decía la canción; pero la letra apasionada se coló por sus oídos y se instaló en su corazón. Mientras el tipo se lamentaba por haber perdido a la chica de sus sueños, él, que era una persona analítica y pragmática, se daba cuenta de que estaba dejándose llevar por el ambiente. Porque la letra de la canción le hizo pensar en Bree.

Muy pronto sería parte de su pasado, tan sólo el recuerdo de la chica bella y encantadora que había dejado atrás... Y en el fondo de su corazón supo que nunca la olvidaría, que siempre pensaría en ella, en lo que podría haber sido.

Sus pensamientos se cortaron cuando Bree saltó sobre la barra y empezó a bailar dando saltos.

Hizo una mueca al ver cómo se daba una vuelta, con aquellas botas camperas, mientras se tiraba de la camisa de cuadros para sacársela del pantalón.

¿Era así como se desvestía de noche? Por los tirones que pegaba le pareció más una batalla que un baile seductor.

Alguien se echó a reír.

Kirk sintió que se le aceleraba el pulso. Una cosa era que él hiciera una mueca y otra que otro hombre se riera de ella.

Se oyó otra risa. Kirk sintió que se le ponía de punta el vello de la nuca al darse cuenta de que era una risa de mujer.

Echó un vistazo al grupo que había al final de la barra. Cuando había entrado en el bar, hasta que se le había acostumbrado la vista a la oscuridad, había pensado que eran un grupo de vaqueros.

Pero en ese momento vio que eran mujeres. Cinco o seis vaqueras cincuentonas.

Una de ellas volvió la cabeza; tenía la cara curtida y bronceada. Unos finos mechones de cabello canoso apuntaban bajo el sombrero tejano, que estaba decorado con una pluma.

La mujer le sonrió, y Kirk vio que le faltaba un diente. Y como él era un tipo educado, le devolvió la sonrisa.

Ella le guiñó un ojo mientras le daba con el codo a una de sus amigas, que se volvió a mirar a Kirk.

Bree, ajena al pequeño drama que se desarrollaba a sus pies, continuaba saltando y bailando animadamente sobre la barra, intentando sacarse por la cabeza la camisa medio desabotonada , que parecía habérsele atascado entre la barbilla y la nariz.

La única persona que la miraba era el camarero, que sacudía la cabeza mientras continuaba secando vasos.

Mientras tanto, todo el grupo de vaqueras se había vuelto a mirar a Kirk como si fuera un pedazo de ternera. La que lo había mirado primero se metió la mano en el bolsillo de sus viejos tejanos y sacó algo. Sonrió y agitó un billete hacia Kirk.

Otra sacó otro billete.

—Yo le añado otros cinco a los cinco de mi amiga, precioso —dijo con voz ronca—, si te subes tú en la barra.

¿Precioso?

Bree, que por fin había conseguido quitarse la blusa, dejó de saltar.

—¡Súbete! —le gritó a Kirk—. ¡Ya llevamos diez dólares!

El grupo de vaqueras rompió a silbar y a aplaudir, y otras empezaron también a sacar billetes.

Kirk miró a Bree y negó con la cabeza. Él era un científico, no un gogó, y estaba a punto de decírselo cuando Bree le echó una mirada de advertencia y pronunció «princesa Alicia» moviendo los labios.

El estómago se le encogió. Miró de nuevo hacia el grupo de mujeres, que agitaban ya tantos billetes en la mano que casi levantaban el aire.

Bree, con sus tejanos, su camiseta rosa y su camisa de cuadros echada sobre un hombro, miró a Kirk y le hizo un gesto para que se acercara.

—¡Señoras —dijo en voz alta—, permítanme que les presente al doctor Kirk Feelgood, cuyos movimientos sanarán todas sus penas por unos cuantos billetes!

Si Bree no lo había sorprendido antes, lo hizo entonces. ¿En qué momento había pasado de ser una buena chica de campo a un parlanchín de feria?

Las vaqueras se animaron y se pusieron a gritar todavía más.

—¡Quiero sentirme *muy* bien, doctor Feelgood! —gritó una de ellas.

Otra se puso de pie y agitó los hombros, dejando ver el canalillo profundo de unos senos enormes que lo dejaron aterrorizado.

Por encima de la algarabía de las vaqueras, Bree se dirigió al camarero.

—¡Pon un poco de música! ¡Este hombre va a ponerse de rodillas!

Al momento, la masa frenética de gente mayor lo había medio empujado, medio subido a la barra. ¿Maldita sea, quién habría pensado que esas mujeres mayores podrían tener tanta fuerza?

Una música suave y relajante empezó a sonar; una melodía de los Beatles que hablaba de tiempos complicados.

Desde luego Kirk se identificaba con la letra de *Let it Be*. Qué extraño que el camarero no hubiera puesto una canción de los Grateful Dead. Tal vez en Nederland hubiera facciones a favor de los Grateful Dead y otras a favor de los Beatles.

—¡Eh, no! —gritó una vaquera—. ¡Pon una canción de Wynonna!

El camarero, con aspecto de estar muy aburrido, se acercó al equipo de CD.

Let it Bree, pensaba Kirk, preguntándose cómo lo habría metido Bree en aquel lío. Empezó a sonar otra canción, interpretada por una voz de mujer ronca y sensual. Tenía que ser Wynonna, quienquiera que fuera. Pero si él no la conocía, aquellas mujeres desde luego que sí, porque empezaron a dar golpes en la barra al son de la música, silbando y animándolo para que empezara a moverse.

Kirk le echó una mirada a Bree, deseoso de que pusiera fin a aquella tontería.

Pero en lugar de eso, ella se sentó en el mismo taburete que había ocupado él momentos antes y se puso a aplaudir y a silbar como las demás.

Traidora.

Bree le sonrió y le mostró aquellos hoyuelos tan encantadores. Entonces empezó a girar los hombros y a menear las caderas.

Ah, estupendo. Le estaba dando un curso de *strip tease*.

Pero cuando Bree articuló para que le leyera los labios el nombre de «Alicia», Kirk se mostró dispuesto a moverse un poco... Al tiempo que Wynonna cantaba una nota larga y sensual, Kirk empezó a mover un hombro.

Las vaqueras se pusieron a gritar. Entonces giró el otro hombro, y las mujeres gritaron otra vez.

A lo mejor sólo tenía que mover un poco los hombros para que se marcharan a casa y...

—¡Quítatelos! —gritó una vaquera baja y regordeta mientras agitaba una botella.

Era una de las chicas a las que claramente le gustaba desayunar con cerveza.

—Necesito una cura, doctor Feelgood —gritó otra.

Kirk miró a Bree, que asintió para darle ánimos, señalando disimuladamente los billetes que las mujeres agitaban con frenesí.

Kirk aspiró hondo, gesto que causó otra oleada de gritos, y empezó a desabotonarse la camisa de franela. Bree, que se había apartado un poco del grupo de señoras enloquecidas, rotó las caderas con sensualidad, como mostrándole lo que debía hacer.

Estupendo. A la vez que se desabotonaba la camisa, se suponía que tenía que menear también las caderas de ese modo. Echó la cadera hacia un lado y después hacia el otro. Con cada movimiento las mujeres gritaban al unísono. ¿Maldita sea, cuánto tiempo llevaba aislado en el campo?

Se desabrochó la camisa rápidamente, intentando acordarse de girar las caderas al mismo tiempo. Bree le hizo un gesto con las manos para sugerirle que fuera más despacio.

¿Más despacio? Por Dios, si iba más despacio tal vez aquella bandada de señoras hambrientas de sexo se echaría encima de él. Había oído casos de personas que habían muerto presa de las fauces de las bestias salvajes... Se preguntó si eso sería más o menos horrible que una bandada de mujeres enloquecidas.

Decidió no pensar más en ello y se desabrochó el último botón. Tal vez si les diera la espalda, aquellas miradas obscenas y sensuales resultarían menos aterradoras.

Se dio la vuelta y se empezó a quitarse la camisa despacio.

Entonces empezaron a aullar de nuevo.

Dejó caer la camisa al suelo. Un par de billetes de cinco dólares cayeron encima de la camisa. Tal vez debería intentar de nuevo el movimiento de cadera.

Rotó la pelvis una vez más. Alguien gritó. Otra rotación. Más gritos. Maldita sea, empezaba a sentirse como una máquina provocadora de gritos. ¿Habría sentido Elvis lo mismo?

Una mano dejó otro billete de cinco dólares sobre la barra, entre sus piernas.

Tres billetes de cinco dólares serían casi suficientes para llevarlos a casa...

Se dio la vuelta. Con un movimiento rápido se quitó la camiseta azul. Una mujer soltó un grito y empezó a desabotonarse la blusa.

Oh, no.

Esas mujeres no se estaban poniendo nerviosas, sino más bien frenéticas. Tampoco ayudaba el hecho de que en ese momento Wynonna hablara de abrazar a su hombre para que le diera lo que necesitaba...

Bree agitó las manos sobre la cabeza.

—¡Continúa! —gritó mientras se ponía a bailar al son de la música.

Qué fácil era decirlo desde allí abajo. Si aquellas mujeres se ponían más agresivas, acabarían comiéndoselo.

Sin dejar de bailar, Bree echó un vistazo a la barra. ¡Quince dólares ya! Mmm. Pero con un toro tenían peso de más... con lo cual deberían al menos llevar treinta o cuarenta dólares para gasolina, por si acaso.

Y no estaría mal tener algo de dinero extra para comer algo. Sí. Animaría a Kirk un poco más, para que les diera a las señoras lo que querían.

Se colocó detrás de las chicas, como una más, y le gritó:

—¡Quítate los pantalones! ¡Queremos ver la mercancía del doctor Feelgood!

Él se desabrochó el primer botón de los pantalones.

—¡Más!

—¡Quiero sentirme mejor, doctor Feelgood!

A Bree le estaba costando bailar. Y eso que ella era una atleta, acostumbrada a practicar deporte durante horas. Pero después de llevar un rato viendo a Kirk medio desnudándose, estaba sin aliento, jadeaba y tenía dificultad para respirar.

Le miró el pecho fuerte y bronceado, cubierto por más vello del que podría creer posible. ¡Sí! Como diría su abuela, aquel tipo podría comer galletas en su cama cuando quisiera.

Bree jamás habría soñado que un científico tuviera un cuerpo tan macizo. Pero debería haberse imaginado que un hombre que se pasaba la vida al aire libre, sudando y excavando fósiles, estaría más en forma que cualquiera.

Además, Kirk era inteligente.

—Ay, mamá —susurró Bree.

No estaba sólo bailando, sino que se retorcía de placer. Aquel hombre no era sólo un tipo macizo; era un tipo macizo e inteligente.

Bree notó algo pegado al pecho. Se miró y vio que tenía la camiseta sudada y que le ceñía los pechos redondos y turgentes. Nunca se había excitado tanto ni siquiera en el fragor de un reñido partido de voleibol. Caramba, aquel hombre era un bombón.

Tenía los pantalones totalmente desabrochados, y por la abertura se veía un par de calzoncillos blancos.

No podía decirse que fueran de los más interesantes, pero esas señoras estaban tan excitadas ya que seguramente estarían igual de contentas aunque los llevara largos.

Miró a la barra. Seguía habiendo sólo quince dólares.

—¡Quítatelos! —exclamó Bree, aunque más que grito lo que emitió fue una especie de gemido.

Daba lo mismo. Las vaqueras ya estaban gritando por ella. Una de ellas se había encaramado a la barra, con un billete de veinte dólares entre los dientes y la cara a la altura de la entrepierna de Kirk.

Kirk parecía avergonzado.

Bree agitó las manos para llamar su atención y cuando él la miró le dijo con gestos que la mujer tenía un billete de veinte.

Él asintió ligeramente, pareció relajarse un poco, y empezó a bajarse los pantalones.

Otra vaquera se subió a la barra con otro billete entre los dientes. Desde ese ángulo, Bree no veía si era de cinco, de diez o de veinte, pero en cuanto miró a Kirk y vio la cara que ponía, supo que era de veinte.

¡Ya casi estaban de camino a casa!

—¡Dales lo que te piden! —gritó Bree—. Pero primero quítate las botas.

Kirk la miró y se quitó las botas. Entonces aspiró con fuerza, redoblando el tamaño de sus pectorales, y echó la cabeza para atrás, seguramente para disimular su vergüenza, y se bajó los pantalones despacio hasta que se los sacó por los pies.

Las mujeres gritaban, aullaban y gemían al tiempo que la voz sensual de Wynonna aumentaba su potencia.

Bree se agarró a una silla que tenía cerca para no caerse. ¡Ah, sí...! Aquel hombre rellenaba de maravilla su slip blanco de algodón.

Bree se había acostado con un buen número de hombres. No era inocente en cuanto al cuerpo masculino. Pero en ese momento de tensión, sintió como si estuviera contemplando al primer hombre de verdad que hubiera visto en su vida. Tenía unos cuantos años más que los muchachos de su pueblo, y sin duda mucho más atractivo: unos bíceps apretados, un pecho velludo, unos muslos fuertes.

Kirk miró a las dos señoras que estaban de rodillas y entonces miró a Bree como queriendo decirle que no parecía que fueran a dejarlo allí.

Bree pestañeó, intentando sentir lástima de él. Pero como se sentía tan excitada, lo que más le apetecía en ese momento era subirse a la barra y quitarle ella misma el slip blanco con los dientes. Si tuviera el banco cerca, dejaría a cero su cuenta corriente sólo por echarle un vistazo a...

Aspiró hondo. Debía calmarse y concentrarse. Después de todo, ella era su manager allí; tenía que ayudarlo a terminar el espectáculo para poder ponerse de nuevo en camino.

Con mímica le dijo que se bajara un poco la cinturilla del slip, sólo un poco, para provocarlas. Al momento notó que Kirk se ponía pálido. Entonces ella asintió con énfasis, animándolo en silencio a que lo hiciera.

Mientras Wynonna seguía cantando, las vaqueras se balanceaban al unísono, unas agitando billetes en el aire y las otras los brazos.

Kirk cerró los ojos, enganchó dos dedos en la cinturilla del slip y la bajó un centímetro.

Bree juntó las piernas, temerosa de pronto de dejarse llevar por el calor tremendo que se desataba en sus entrañas.

Una de las señoras que estaba encima de la barra agitó provocativamente el billete de veinte dólares delante de la entrepierna de Kirk.

Kirk se los bajó un poco más.

Bree gimió en voz alta a la vez que las demás mujeres. Una mata de vello rizado y oscuro asomaba por el borde...

La vaquera le metió el billete en el slip al tiempo que sus compañeras voceaban su aprobación. Una de ellas le dio un golpe tan fuerte a la barra que tiró la bebida de Kirk.

Kirk miró a Bree. Bree señaló hacia la otra señora que aún tenía el billete atrapado entre los dientes.

Kirk negó con la cabeza disimuladamente.

Bree asintió.

Se dio la vuelta hacia la otra señora y apartó un poco la cinturilla del slip...

La canción terminó con la vibración de las cuerdas de una guitarra. La sala quedó en silencio.

Entonces la señora se acercó a Kirk, le frotó el billete sobre el estómago y lo dejó caer en la abertura de sus calzoncillos.

Todas las demás empezaron a aplaudir.

Capítulo 6

—¡AHÍ está nuestro chico! —dijo Louie en voz baja.
Al final del callejón, casi oculto tras una pared de ladrillo, estaba el toro millonario atado a una valla de metal.

—¡Es el toro! —exclamó Shorty de pronto sin dejar de señalar el Brahman.

—A él me refería cuando he dicho nuestro chico —murmuró Louie.

Después de que el tipo de la coleta les dijera que había dejado a una chica y a un toro en una carretera cercana, Louie y Shorty habían pasado la noche en un motel cerca de la Cooperativa Montañesa, una tienda de comida *new age* donde Louie había comprado un burrito de *tofu* y chiles verdes para desayunar. Aún estaba intentando averiguar qué demonios era eso del *tofu*.

Desde el desayuno habían estado dando vueltas por Nederland, mirando en todas las calles, callejas y patios... Y el pueblo era tan pequeño que lo habían cubierto en veinte minutos.

Después de recorrer las calles principales, habían empezado a buscar en las laterales y en los callejones... Y entonces habían encontrado al toro.

Louie murmuró otra oración de agradecimiento a San Antonio.

—Voy a arrimarme —dijo Louie—, pero no demasiado, aunque sí lo bastante para que saltes y lo desates...

—¿Es que te has vuelto loco, Louie? —dijo Shorty, pegando un bote en el asiento—. Ese animal podría embestirme o morderme...

—Cállate. ¿Te acuerdas cómo me lo llevé de la feria? Haz lo que hice yo y deja de quejarte. Cuando lo hayas traído hasta el tráiler, habré abierto las puertas y en cinco minutos podremos salir de aquí.

Louie detuvo el camión a unos cinco o seis metros del toro, que continuaba rumiando, ajeno a la presencia de aquellos visitantes.

Louie sonrió. *Qué* bueno era.

Más allá del toro, al final del callejón, había una gasolinera. Llevaban el tiempo suficiente en aquel maldito pueblo para saber que, una vez cargado el animal en el tráiler, sólo tendría que continuar por el callejón, girar a la izquierda y tomar la 119 en dirección a Denver. Después de eso, sería fácil encontrar la autopista en dirección a Texas.

Y enseguida podría empezar a pasar sus vacaciones eternas en Los Cayos.

—Sal ya —le ordenó Louie.

Shorty le echó una mirada de pesar antes de abrir la puerta.

Louie apagó el motor mientras Shorty se acercaba al toro por detrás.

—Qué poco sentido común —murmuró Louie—; acercarse a un toro por detrás...

Louie acababa de abrir su puerta cuando oyó un ruido semejante a un trueno. Miró al cielo y vio que no había rastro de nubes en el cielo...

Entonces se oyó un grito agudo seguido de más golpes, aunque esos ya sonaron más como si alguien golpeara una plancha de metal a martillazos.

Miró hacia donde estaba el toro y vio a Shorty, a medio metro del animal, moviendo los brazos y gritando al tiempo que el toro coceaba sin parar la valla de metal.

Louie golpeó el volante con el puño.

—Maldito imbécil —gritó, aunque Shorty no pudiera oírlo.

Louie se bajó del camión y cerró la puerta de un portazo. Gracias al listo de Shorty, iba a tener que intervenir en serio.

En ese momento se oyó el ruido de sirenas. La policía. Louie murmuró una sarta de insultos entre dientes, corrió con suavidad hasta donde estaba Shorty, lo agarró por la chaqueta y lo arrastró de nuevo hasta el tráiler. Después de meterlo a empujones, Louie le blandió un puño delante de la nariz.

—Cállate o esto te callará.

Shorty cerró la boca, con los ojos fuera de las órbitas.

Louie corrió al otro lado y saltó al asiento del conductor. Arrancó el motor y avanzó tranquilamente, pasando delante del toro que había dejado de cocear y que tan sólo miraba el tráiler que pasaba delante de él.

—Ah, ahora te quedas tranquilo, ¿eh? —le dijo Louie; miró por el espejo lateral y vio un coche de policía—. Qué inteligente —le dijo a Shorty, que temblaba tanto que apenas podía encenderse el cigarrillo—. Has montado tal jaleo que alguien ha llamado a la policía —Louie apretó los dientes—. Dame un cigarrillo, necesito tener algo en la boca.

—No puedo creer que estemos en la cárcel —murmuró Kirk mientras metía la cara entre los barrotes de una celda que formaba parte de una oficina pequeña y atestada de papeles y muebles.

Sentado detrás de la mesa había un policía que leía el periódico mientras se comía su tercer donut.

—Esto no es la cárcel —murmuró Bree—. Es un calabozo en mitad de un almacén convertido en comisaría de policía.

Kirk asintió. Nederland era tan pequeño que la comisaría era una tienda en alquiler en una vieja galería comercial a la salida de la ciudad. Al lado había una especie de centro para la tercera edad, cosa que fastidiaba a Kirk mucho más de lo que pudiera hacerlo cualquier policía, después de la experiencia que había tenido con ese sector de la población.

—Lo siento —dijo Bree por enésima vez.

Kirk miró su reloj. Eran las once y media de la mañana. Miró con pesar a través de los barrotes mientras para sus adentros se decía que por lo menos estaba vestido. Hacía más o menos una hora había sido entrevistado en calzoncillos, con un par de billetes de veinte dólares enganchados en la cinturilla, por un policía, que había respondido a la llamada de un ciudadano que había informado de que había un toro en el callejón detrás de Neder Brewsky's. Entonces, al ir a comprobar quién era el dueño del toro, el oficial se había encontrado con un hombre haciendo *strip tease* en un bar.

Ésa era una experiencia que el doctor Kirk Dunmore no deseaba repetir.

—¿Quieres llamar a la princesa Alicia?

Kirk le echó una mirada a Bree.

—Puedes llamarla Alicia, ¿sabes?

—Lo siento —respondió ella.

—Basta ya de disculparte —suspiró con exasperación—. Estamos metidos en tal lío que no hace falta recordarlo continuamente.

Reflexionó, de nuevo, si debía o no llamar a Alicia.

Cuando los habían llevado a comisaría, les habían informado de que podían realizar una llamada.

Rápidamente, Bree le había contado que había intentado llamar a su abuela dos veces esa mañana; una de ellas desde el hostal y otra desde el bar Neder Brewsky's mientras el policía interrogaba a Kirk, pero en ambas ocasiones no había obtenido respuesta.

Kirk había contemplado la posibilidad de llamar a su amigo George, pero al ver la hora que era se había dado cuenta de que George y su familia no estarían todavía en casa.

Ya eran casi las doce y se le acababa el tiempo. En realidad estaba evitando una llamada muy desagradable a Alicia. Pero a tan sólo cuatro o cinco horas de la cena, se dio cuenta de que debía llamarla y contarle lo que pasaba.

Kirk siempre se había enorgullecido de no dudar de las decisiones que tomaba. Pero en ese momento no pudo evitar reprenderse para sus adentros por haber llamado a Alicia desde la gasolinera. Si la hubiera llamado y hubiera reconocido que había perdido la cartera, como mucho ella habría acabado por descubrir que había pasado la noche con otra mujer.

Pero en lugar de eso había permitido que la situación se liara hasta llegar al punto en el que se encontraba en ese momento. Y tendría que explicarle por qué lo habían detenido. Y cuando Alicia le preguntara por qué había hecho un *strip tease*, era inevitable que saliera el tema de pasar la noche en la misma habitación con otra mujer. Y después estaban los cargos adicionales por violar una ordenanza municipal que prohibía transitar con ganado por la carretera, pero dudaba de que Alicia escuchara esa tercera parte, ya que estaría gritándole por las dos primeras como una loca.

Raíces, familia, hijos... Algún día aquel fiasco habría quedado olvidado en el pasado y él tendría lo que siempre había deseado. Sí. Eso era lo más importante.

Bree estiró el brazo y le tocó la pierna con timidez, sin saber qué otra cosa hacer. Aquello era todo culpa suya. Ese pobre hombre se había parado a ayudarlos a Val y a ella... y en menudo lío lo había metido.

Levantó la cabeza y la miró con pesadumbre. Ella se mordió el labio inferior, fijándose sin darse cuenta en lo encantadora que resultaba su mirada torturada, o aquella pelusilla de dos días que le cubría el mentón.

O tal vez le gustara más porque lo había visto casi desnudo. No del todo, pero sí lo suficiente para sentir deseo cada vez que lo miraba.

Aspiró lentamente con el fin de calmarse, pero no lo consiguió. El pobre Kirk tampoco parecía muy tranquilo. Bueno, tal vez pudiera alegrar un poco el ambiente; quitarle un poco de hierro a su tormento.

—Qué pena que no pudiste quitarte nada más —le susurró.

Kirk la miró de reojo.

—¿Por qué?

—Porque habrías podido conseguir el dinero suficiente para pagar la fianza.

Kirk soltó una especie de risotada. Una risotada amarga.

—¿Han puesto una fianza?

—No. Pero si lo hicieran, me imagino que sería al menos de mil dólares.

—¿Y crees que podría haber conseguido mil dólares con esas mujeres?

—Dos mil, fácilmente.

Apretó los labios, como si quisiera ahogar una sonrisa, y finalmente se dejó llevar. Empezó sonriendo levemente, de manera algo forzada, y acabó sonriendo de oreja a oreja. Bree no se había fijado antes en las arrugas que se le formaban alrededor de los ojos al sonreír.

Su mirada de ojos azules se suavizó.

—Gracias por el voto de confianza. Pero como no he

ganado mil dólares, ni dos mil, parece que voy a tener que hacer esa llamada a la princesa Alicia.

Bree sonrió.

—Puedes llamarla Alicia a secas, ¿sabes?

—No, es la princesa Alicia porque va a estar *soberanamente* enojada cuando se entere de esto... —su voz se fue apagando mientras se pasaba la mano por el cuello—. Bueno —suspiró, al tiempo que se ponía de pie—, no sirve de nada demorarlo más —avanzó un paso hacia los barrotes y se agarró a ellos para asomarse y llamar al policía—. Agente, estoy listo para hacer la llamada.

De pronto Bree se dio cuenta de que no podía soportar pensar en que Kirk le contara aquella locura a Alicia. Ella no conocía a su prometida, pero según se había comportado Kirk, detestaba pensar que pudieran tener una pelea el día antes de su boda. ¡Él ya había tenido que aguantar bastante!

Bree tenía que hacer algo.

—Agente —dijo de pronto, colocándose de un salto al lado de Kirk—. ¿No podría dejar a este hombre en libertad? Se va a casar mañana, esta noche tiene el ensayo de la cena, y soy *yo* la que lo metí en este lío.

El agente les echó una mirada.

—Se va a casar, ¿eh, hombre?

Kirk asintió.

El agente se limpió un poco de azúcar glasé que tenía en la manga de la chaqueta.

—¿Esta señorita es su prometida?

Bree sintió algo extraño en su interior. ¿Ese hombre pensaba que ella era la prometida de Kirk? Jamás había querido casarse, en realidad detestaba la idea de estar atada a alguien para toda la vida, pero que la confundieran con la prometida de Kirk... le gustó, y mucho.

Kirk negó con la cabeza.

Bree se aguantó la decepción. Sería el hambre que tenía la que le estaba provocando que se le ocurrieran aquellas bobadas. Sí, tenía que ser por eso. Después de todo, su sueño era salir de aquella vida previsible y mezquina y explorar mundo. Y jamás aceptaría una alianza de oro.

El agente negó con la cabeza.

—Un hombre muy valiente para estar con otra chica en la víspera de su boda.

—Es valiente —soltó Bree—. Nos rescató a mí y a mi toro.

El agente negó con la cabeza.

—¿Y qué estaba haciendo usted para necesitar que la rescataran junto con su toro?

A Bree empezó a latirle el corazón con fuerza. Sorprendentemente, aquel policía de Nederland, que parecía el único al frente del departamento de policía, no tenía idea de que Val y ella estaban en busca y captura. Tal vez hubiera estado demasiado ocupado comiendo donuts de jalea para hacer lo que fuera que hicieran los policías, como por ejemplo comprobar regularmente los boletines de noticias en los aparatos de radio de las comisarías. Y, afortunadamente, no había ninguna televisión en aquélla, de modo que tampoco habría visto las imágenes sobre el toro «robado».

Antes, en el Neder Brewsky's, también había tenido suerte. Cuando el oficial había terminado de interrogar a Kirk, había empezado a hablar con Bree. Afortunadamente para ella, en ese momento le habían enviado un mensaje por radio relacionado con un robo en una tienda.

Después todo había ocurrido muy deprisa. Porque el oficial tenía necesidad de responder a la llamada del robo en la tienda, había permitido que Bree y Kirk subieran a Val a la camioneta y pusieran gasolina. Después el oficial había llamado a un vehículo de control de animales para acompañar a Bree y a Kirk a la comisaría de policía.

Durante ese trayecto, Kirk y ella se habían preguntado qué haría la policía de Nederland, o aquella persona del control de animales, si dieran un giro de volante y se largaran hacia la autovía. Pero estaba claro que no podrían conducir muy deprisa con Val detrás, así que habían acordado que en lugar de arriesgar el bienestar del animal, por no mencionar la persecución más lenta de la historia de Nederland, harían lo que les habían indicado.

Después de llegar a la pequeña galería comercial, Val fue el primero en ser «confiscado» y colocado en una pequeña zona cubierta de hierba delante de la comisaría, donde lo ataron a un mástil. La persona del control de animales, un joven vestido con un mono, parecía tremendamente atemorizado de mirar al toro, y menos aún de hacer cualquier otra cosa. De modo que Bree había tenido que atar a Val al mástil, un lugar que había escogido porque había hierba de sobra para que su toro comiera.

—¿Que qué estaba haciendo para necesitar que nos rescataran a mi toro y a mí? —dijo, repitiendo la pregunta del agente—. Bueno, agente, yo estaba tomándome un descanso de...

La puerta se abrió de golpe y entró otro policía que llevaba un uniforme distinto.

—¿Qué demonios hace un toro atado delante del departamento de policía?

El policía de los donuts se pasó la lengua por los labios.

—Sargento, está confiscado.

—¿*Un toro confiscado?* —el sargento parecía seriamente agitado—. ¿Y... hay alguna razón para ello?

El poli del donut señaló hacia la celda.

—Bradley, esto, sargento, tengo retenidos a estos dos por cargos múltiples. Por exhibicionismo, por violar la ordenanza municipal sobre ganado en la carretera...

—Todas las semanas tenemos algún caso de exhibicionismo, así que por qué tiene tanta importancia éste. ¿Y desde cuándo atamos a un toro a un mástil de una bandera delante del departamento? —el sargento se acercó a la celda y miró a Kirk y a Bree con fastidio—. ¿Cuál de ustedes es el dueño del toro?

—Yo —contestó Bree, que agachó la cabeza al darse cuenta de que era al menos diez centímetros más alta que el sargento.

—¿Tienen transporte para llevarse a este animal?

—Sí —contestó Bree.

La camioneta estaba fuera, aparcada delante del centro para la tercera edad.

—Retira los cargos —le dijo el sargento al poli del donut—. Tenemos cosas mejores que hacer que retenerlos aquí —negó con la cabeza mientras murmuraba algo de que había más tonterías dentro del departamento que fuera—. Son libres de marcharse —dijo, dirigiéndose a Kirk y a Bree.

Diez minutos después, Kirk y Bree salieron de la comisaría, desataron a Val y lo metieron en la camioneta sin decir ni una sola palabra. Empezaban a perfeccionar la práctica de cargar y descargar al toro, de tantas veces como lo habían hecho ya. Entonces se subieron a la camioneta en silencio, Kirk la puso en marcha y se alejó despacio del departamento.

Cuando llegaron a la señal de stop, Kirk le echó una mirada pesarosa a Bree.

—No tengo que hacer la llamada.

—Eres un tipo con suerte —le dijo ella.

—Los dos tenemos suerte... ¿No te parece increíble lo majo que ha sido ese sargento al dejarnos marchar?

A Bree le sonaron las tripas.

—¿Tendremos suerte y podremos pararnos a comer algo? Sé que tienes prisa, pero estoy muerta de hambre.

—Yo también —Kirk sacó un fajo de billetes del bolsillo y le guiñó un ojo a Bree—. ¿Te gustaría tomarte una hamburguesa de camino a Denver con un ex nudista?

Kirk dio la vuelta hacia Nederland. Desde allí tomarían una de las autopistas que llevaban a Denver. Se pararían a tomar una hamburguesa al salir de la población, ya habían tenido bastante de Nederland para una temporada, y llamaría a George para que se encontraran en Denver y pudiera llevarse a Bree y a Val.

Bree y Val se iban a marchar.

Ya era hora. Su vida había sido una pesadilla desde que había hecho de buen samaritano en esa oscura carretera de montaña. Gracias a Bree, había perdido su dinero, había estado a punto de enseñar en público sus partes pudendas, había pasado una hora en una celda...

Un puño de hielo le oprimió el corazón.

¿A quién estaba intentando engañar? Aquello no había sido una pesadilla... sino la experiencia más viva y divertida que había experimentado junto a otro ser humano... No, no sólo junto a otro ser humano, sino con una mujer... Con una mujer exuberante, sensual y libre.

Maldita sea, le dolía el corazón al igual que le había pasado en el bar, cuando ese cantante de *country* había interpretado esa canción tan tierna sobre la chica que había dejado atrás. No volvería a ver a Bree. De pronto, Kirk se dio cuenta de que no quería que desapareciera de su vida. Nunca.

Agarró con fuerza el volante mientras pensaba en los años de soledad que había pasado, mientras su madre trabajaba o salía con algún hombre, cuando Kirk se había calentado algún plato precocinado mientras veía alguna serie en la tele para no sentirse tan solitario. Había jurado entonces que no se haría viejo solo; que estaría rodeado de su esposa y sus hijos, tal vez de uno o dos perros. Y estaba a punto de convertir ese sueño en realidad...

—¿A qué hora llegaremos a Denver? —le preguntó Bree mientras miraba por la ventanilla hacia las montañas—. Echó un vistazo a su reloj. Eran casi las doce del mediodía.

—Incluyendo la parada para comer, diría que a la una o una y media.

Después de dejar a Bree con George, Kirk iría directamente a la excavación I 25. Comprobaría rápidamente si se había producido algún hallazgo nuevo de fósiles y recogería ese viejo grabado en piedra. Pero en ese momento tenía un propósito nuevo. Podría centrarse en su trabajo, dejar de pensar en Bree, y después llegar a casa de Alicia con tiempo para prepararse para la cena formal.

—¡Cuidado! —le gritó Bree al ver que un tráiler negro para transportar ganado que iba por el carril contrario de la autovía cruzaba la raya divisoria e iba directamente hacia ellos.

Kirk giró el volante y salió de la autovía por un camino de tierra.

—Qué loco —murmuró Kirk.

Bree volvió la cabeza.

—Ese tráiler nos sigue.

—¿Qué? —dijo Kirk, que echó un vistazo por el retrovisor y vio una mano con una pistola saliendo por la ventanilla del lado del pasajero—. Esos locos nos persiguen —gritó.

¿Qué pasaba con Nederland? Si unas señoras no lo obligaban a uno a casi desnudarse, un conductor de un tráiler se ponía a perseguirlos con una pistola en la mano.

Un silbido agudo sonó a un lado de la camioneta. Bree lo agarró del brazo.

—¡Nos están disparando!

—Tranquila —le gritó Kirk, aunque él no se sentía así en absoluto.

Otro silbido agudo.

Sin embargo la camioneta continuaba avanzando. Volvió la cabeza. Bree estaba pálida y Val estaba... bueno, normal, como estaba siempre. Kirk miró el salpicadero espacial de su furgoneta nueva.

Así que quienquiera que los persiguiera no parecía intentar apuntar a ninguno de ellos. Kirk se dio cuenta de que no querían hacerles daño, sino más bien asustarlos.

Con eso en mente asimiló rápidamente sus opciones. Podría continuar conduciendo por aquel camino de tierra y meterse en el bosque, pero eso significaría que les sería mucho más difícil buscar ayuda. O podría dar la vuelta, aunque no demasiado deprisa porque no quería que sus pasajeros sufrieran ningún daño. Enseguida decidió que lo mejor era volver a la autovía lo antes posible.

Era arriesgado, ya que tendrían que pasar junto a esos locos que les disparaban, pero aun así seguía siendo la mejor opción. Así que aminoró la marcha.

—¿Qué estás haciendo? —gimió Bree.

Giró el volante.

—Dando la vuelta —respondió Kirk.

—¿Dando la vuelta? —repitió Bree mientras agarraba con una mano la cabeza de Val y se llevaba la otra al pecho—. No hay espacio suficiente. Nos dispararán otra vez.

Kirk giró el volante con fuerza, consiguiendo que la camioneta patinara por un lado. Levantó una gran polvareda y piedras del camino y percibió el olor de los frenos quemados, pero agarró el volante con firmeza y continuó girando. Estaban casi colocados en sentido contrario, que era la dirección que debían tomar para llegar a la autopista.

El tráiler negro estaba cada vez más cerca; por la ventanilla del copiloto asomaba una pistola.

—¡Haz algo! —gritó Bree.

El toro mugió. Kirk pisó el acelerador demasiado pronto. La camioneta se salió de la carretera y se metió contra un pino.

Capítulo 7

Qué suerte, Lou, ver esa camioneta con la cabeza del toro asomando por el asiento de delante —dijo el tipo bajo, blandiendo la pistola al tiempo que hablaba.

El tipo más alto no contestó. Con expresión pensativa se paseaba con aquellas botas turquesas tan horribles.

No tenía el aspecto de un vaquero de Las Vegas, pensaba Bree al tiempo que lo reconocía como el hombre que había intentado robarle a Val en la feria de ganado. El resto de su atuendo era sin duda el de un criminal: cazadora de cuero negro, chinos negros, el pelo negro peinado para atrás y esa expresión huraña que era lo más negro de todo.

El otro tipo no tenía ningún estilo. Llevaba unos vaqueros nuevos, una cazadora de paño grueso color marrón y mocasines de piel de lagarto.

Bree soltó un suspiro a través del pañuelo rojo que le habían atado a la boca. Y pensar que tan sólo hacía menos de una hora Kirk y ella salían del calabozo sin cargos.

Habían disfrutado de esa alegría durante cinco minutos más o menos antes de que aquellos criminales los sacaran de la carretera.

Después, los criminales, apuntándolos con sus pistolas, habían convencido a Kirk para que llevara la camioneta un poco más allá y a Bree para que mudara a Val de su furgoneta al tráiler negro.

Entonces los dos tipos los habían sentado el uno frente al otro, los habían amordazado y les habían atado las muñecas a la espalda del otro, de modo que estaban pegados como un sándwich. Los pies se los ataron separadamente.

Durante todo ese proceso, y mientras que el alto parecía fastidiado con una técnica de nudos que el más bajo había probado, Bree imaginó momentáneamente que se ponía de pie, pero enseguida desechó la idea y se dio cuenta de que no serviría de nada. Aunque consiguiera ponerse de pie y echar a correr, como tenía las muñecas atadas a la espalda de Kirk tendría que arrastrarlo donde fuera.

Lo cual explicaba por qué esos tipos los habían atado cara a cara.

—¿Los llenamos de plomo, Louie? —preguntó el más bajo mientras agitaba la pistola hacia ellos.

A Bree se le revolvió el estómago. Hasta ese momento se había mantenido más o menos tranquila; tal vez porque suponía que querían a Val y nada más.

Pero después del comentario de aquel tipo su instinto le decía que era la protagonista de una de las películas de gánsteres que tanto le gustaban a ella y a su abuela; y que ésa era la escena en la que la cámara se desviaba mientras los disparos de una pistola le decían al espectador que los malos acababan de cometer un horrendo crimen.

Silencio.

Sólo se oía el viento que susurraba entre las copas de los árboles y el crujido de las hojas secas bajo los tacones de las botas turquesas.

Bree se volvió a mirar a Kirk, que tenía aquella mirada perdida, como si estuviera preguntándole qué demonios iban a hacer. Y Bree sintió un gran pesar. Si al menos le hubiera contado la verdad acerca de Val y ella, Kirk podría haber elegido si quería que toda su vida acabara del revés por ayudar a una extraña y a su toro.

Pero Kirk, que era un buen tipo, o más bien un tipo estupendo, no había tenido oportunidad de elegir. No. Se había comportado como un verdadero héroe. Los había rescatado, ofrecido su apoyo y, caramba, había desnudado casi todo salvo su alma por ellos.

Para que en ese momento su vida corriera peligro. Vaya manera de devolverle el favor.

Lo miró fijamente a los ojos. Por una vez en su vida se alegraba de ser tan alta, porque al menos así sus miradas estaban al mismo nivel.

Aunque estuviera pensando que ella era la mujer más peligrosa y loca que se había cruzado en su camino, ella no dejaba de ofrecerle aquella mirada sentida y pesarosa mientras rezaba para que él entendiera que jamás había sido su intención que todo se descontrolara así.

Pero por su manera de mirarla, no parecía que estuviera dispuesto a aceptar su mirada de disculpa.

—¿Entonces qué te parece, Louie? —le preguntó aquel necio enano—. ¿Les pegamos un tiro?

A Bree se le encogió el corazón. En un momento de pánico se imaginó a la princesa Alicia en la víspera de su boda, descubriendo el cuerpo de su prometido atado al de otra mujer.

No le extrañaba que Kirk la mirara con tanta rabia.

—¿Desde cuándo te animas tanto con las pistolas? —le ladró Louie mientras se apartaba el cigarrillo sin encender de la boca—. No vamos a disparar ni a nada ni a nadie, Shorty; porque con eso no haríamos más que meter la pata.

Louie fue directamente hacia Shorty y le metió el cigarrillo en la boca—. Como cuando te acercaste al toro por detrás y alguien llamó a la policía. ¿Te acuerdas? No queremos llamar la atención de ese modo.

Shorty asintió con energía.

—Tienes razón, Lou —pestañeó rápidamente—. Tal vez deberíamos llevarnos al toro y dejarlos aquí para que sirvan de alimento a los animales salvajes.

Louie emitió un suspiro exasperado.

—¿Y si un animal salvaje no se los come, qué ocurrirá? En uno o dos días uno de esos hippies pasará por aquí, los desatará y ellos le contarán todo a la policía.

Louie le echó una mirada a Bree y se echó a reír.

—Aunque las autoridades ya piensan que fue la chica la que robó el toro, así que tal vez podamos utilizar eso en favor nuestro... —continuó mirándola con los ojos entrecerrados.

Kirk frunció el ceño. En sus ojos azules brillaban cientos de preguntas.

Bree pestañeó como queriendo pedirle perdón con la mirada. De acuerdo, así que ya sabía que las autoridades pensaban que había sido ella la que había robado *su* toro, lo cual sin duda añadiría más confusión al embrollo que sin duda Kirk tendría en la cabeza.

—¿Y si los dejamos en el bosque? —sugirió Shorty.

—¿Y qué hacemos con la camioneta? ¿La llevamos también al bosque? —Louie miró al cielo, como si tan sólo el Creador entendiera la carga que llevaba encima; se volvió a mirar a Shorty y continuó hablando—. En este momento su furgoneta es señal de que aquí hay gente. Es cierto que los coches que pasan no nos pueden ver, pero como he dicho, sólo haría falta que pasara por aquí un senderista para que la policía se enterara de que hay una furgoneta en el bosque. Así que tenemos que limpiar todo eso rápidamente y deshacernos tanto de la camioneta como de ellos dos.

¿Deshacerse de ellos dos? Bree se puso tensa. No tenía costumbre de dejarse llevar por los sentimientos, pero si en ese momento alguien le retirara la mordaza, gritaría a pleno pulmón por la situación tan horrible en la que todo había desembocado por culpa suya.

Sintió un movimiento de Kirk. Pestañeó para no ponerse a llorar y sus miradas se encontraron. Gracias a Dios, Kirk la miraba con preocupación. Menos mal. Al menos no moriría atada a un hombre resentido hacia ella.

Se movió, casi imperceptiblemente, para pegar su pecho al de ella. Y entonces pestañeó una vez, despacio, como queriendo decirle que se lo tomara con calma, que saldrían de ésa.

Ella lo miró a los ojos un momento. En ese momento era lo único que tenía, aquella mirada que le pedía que confiara en él.

Jamás había sido la débil. Nunca. Siempre había sido la chica grande y fuerte que nunca se derrumbaba.

Pero en ese momento Bree no era la fuerte. Y por primera vez en su vida acogió de buen grado esa sensación.

Se apoyó un poco sobre Kirk para hundirse en el amparo de su calor. Debía de ser unos dos o tres centímetros más alto que ella, pero en ese instante su fuerza le hacía a sus ojos más grande que la vida misma.

—¿Lou, qué vamos a hacer? —preguntó Shorty en tono quejoso—. Es más de la una de la tarde, y no he comido nada desde que estuvimos en esa cooperativa.

—Cállate ya —murmuró Louie—. Estoy pensando. ¡Pensando!

Kirk presionó la cadera, con suavidad y firmeza al mismo tiempo, sobre la de ella. Su primera reacción fue apartar la suya ligeramente, pero él pareció insistir y presionó con más fuerza. Entonces lo miró a los ojos y vio que él le pedía que le siguiera la corriente.

Kirk le echó una mirada de soslayo a los criminales, hizo una pausa y empujó hacia delante.

Bree también miró a los dos hombres que estaban allí cerca y se preguntó si se estarían dando cuenta de lo que estaba pasando; pero aquellos tipos estaban demasiado ocupados paseándose de un lado a otro, hablando de pistolas, de animales salvajes y de hippies.

Volvió a mirar a Kirk con los ojos abiertos como platos, como queriéndole increpar si se había vuelto loco. Sólo porque fueran a morir no significaba que pudiera darse un revolcón rápido allí mismo.

Pero a Kirk le brillaban los ojos como dos llamas de gas azulado, con expresión apasionada y exigente. Miró de nuevo hacia los dos mafiosos, esperó un momento y empujó de nuevo, con fuerza y rapidez, contra la cadera de Bree. Ella pegó su cuerpo al cuerpo de Kirk, recio como una roca, al tiempo que las sensaciones de placer aumentaban.

Un fuego líquido le corrió entre las piernas y Bree sucumbió a aquel calor.

De pronto le daba lo mismo que le hiciera el amor en mitad del estadio de los Coors, delante de miles de espectadores. Tenía calentura y las llamas crecían en intensidad cada vez que Kirk la embestía con las caderas.

Se movió un poco, ahogando un gemido al notar que su miembro duro la provocaba con agresividad. Entonces echó la cadera hacia delante y se abrió a él, apenas dominando las reverberaciones que el deseo estimulaba en su garganta.

Caramba, si estaba a las puertas de la muerte, mejor morir así. Rotó el pubis hacia delante para que sus entrepiernas estuvieran casi soldadas y empezó a moverse al tiempo que lo hacía él, acariciándolo, frotándose y llegando a él a través de unos movimientos breves y firmes.

Fue entonces cuando Kirk la miró con los ojos como platos.

Bree hincó los pies en el suelo para mantener el equilibrio y continuó moviéndose mientras pegaba sus senos turgentes y hambrientos a los pectorales de Kirk para que él sintiera sus pezones duros a través de la cazadora de nylon, a través de la camisa de franela, en su pecho musculoso y bronceado.

Sintió una gran turbación mientras fantaseaba sobre la sensación deliciosa y pecaminosa que experimentaría si hundiera sus pezones duros en aquella mata de vello suave... Gimió tras la mordaza.

En algún rincón de su apasionada consciencia sintió que aquello era algo más que sexo. Siempre había sido una aventurera, y pensaba pasar por la vida explorando y saboreando cada uno de los momentos que la vida tuviera que ofrecerle...

Y si no tuviera aquella maldita mordaza tapándole la boca, le susurraría todo aquello a Kirk. Y más. Le diría que era el primer hombre que había despertado en ella algo más que pasión; que era el primero que había encendido sus sueños, su anhelo de formar parte de un mundo superior. Los dos eran exploradores, y estaban hechos el uno para el otro.

Ese último pensamiento la sorprendió.

Hizo una pausa. Jamás había sentido nada así hacia ningún hombre. ¿Hechos el uno para el otro? Lo miró a los ojos y vio también el ansia reflejada en sus ojos azules. Le echó otra mirada a los dos canallas, que seguían discutiendo animadamente.

Volvió a mirar a Kirk con emoción, mientras en su mente se repetía el mismo cantar: «el uno para el otro» «el uno para el otro...»

«Me perteneces», pensaba mientras en silencio gritaba esa verdad al mundo entero. Un centenar de poderosos sentimientos de amor y deseo se agolparon en su pecho. «Eres el hombre con quien quiero compartir mi vida». Y si eso no podía ser, al menos tendría aquellos momentos para atesorar en su corazón.

Se arqueó un poco y se apoyó en los dedos de los

pies. Su deseo aumentaba, la tirantez enredaba sus entrañas, empujándola a... Un toque más y acabaría...

Ring, riiiiiing...

—¿Qué suena? —dijo Louie.

Todo se detuvo bruscamente. Bree aguantó la respiración y se quedó quieta. Kirk la miró a los ojos; su mirada estaba llena de nostalgia y de sorpresa.

¿De sorpresa? Sin duda porque su maldito teléfono móvil había decidido ponerse a sonar precisamente en el mismo momento en que estaban listos para...

Louie se acercó a ellos y los miró con acusación.

—¿Qué estáis tramando vosotros dos?

Ring, ring.

—¿Alguno de vosotros lleva un teléfono encima? —añadió.

Kirk asintió, indicándole que quería decirle algo. Louie le retiró el pedazo de tela azul lo suficiente para que Kirk pudiera hablar.

—Es... mi móvil —dijo con voz ronca—. Está en... el bolsillo.... delantero... de mis pantalones —aspiró hondo, intentando sin duda recuperar un poco la calma—. Mi prometida iba de camino a Nederland para recogerme... Como no estoy ahí, debe de estar llamándome.

Bree se quedó de piedra. ¿Kirk estaba haciéndole el amor, sabiendo que Alicia estaba cerca, esperándolo?

La invadió una furia enorme; sobre todo hacia sí misma. De acuerdo, ella no era ninguna santa. Se había dejado llevar con la excusa de estar al borde de la muerte, pero de haber sabido que Alicia estaba en Nederland habría moderado su reacción. ¿Pero acaso lo había hecho Kirk? ¡No! Si no tuviera a un canalla allí cerca de ella con un arma en el bolsillo, se soltaría aquellas cuerdas y le daría a Kirk un derechazo en la cara antes de que pudiera articular palabra.

Ring, ring.

—Y no dejará de llamar hasta que no le conteste —añadió Kirk.

Bree miró a Kirk con furia; igual que hacía cuando estaba lista para golpear la pelota y conseguir un tanto.

—¿Prometida? —Louie miró de Kirk a Bree—. ¿Y qué hace con una mujer cuando está a punto de casarse con otra? —sacudió con la cabeza mientras le metía la mano en el bolsillo y sacaba el teléfono—. Hágame caso, hombre; yo he dicho «sí quiero» tres veces ya. Cancele la boda y diviértase —le guiñó un ojo a Bree.

—Dice «fuera de cobertura» —anunció Louie después de leer en la pantalla, y miró a Kirk arqueando una ceja.

—Siempre dice eso cuando estoy en un lugar aislado —contestó Kirk—. Pero es Alicia. Me dijo que me llamaría sobre esta hora.

—¿Dónde está ella?

—En una iglesia pequeña que hay bajando la carretera. Es un buen sitio para encontrarse; conocemos al cura, a los parroquianos...

Ring, ring.

—Me recuerda a mi segunda esposa —murmuró Louie—. No dejaba de protestar. De acuerdo, tortolito. Voy a dejar que hable por teléfono porque no quiero que una tipa loca se ponga a buscarlo a usted y a su camioneta —Louie miró el teléfono—. Supongo que hay que apretar este botón, ¿verdad?

—Sí, eso es —contestó Kirk, intentando pensar por qué Bree parecía tan enfadada.

Louie detuvo el dedo justo encima del botón.

—¿Cómo sé que no me va a engañar?

Kirk miró a Louie con seriedad.

—Si lo prefiere, conteste el teléfono y dígale a Alicia que estoy ocupado y tome el mensaje.

Louie miró a Kirk un momento. El teléfono continuaba sonando.

—Sí, para que ella me pregunte algo personal acerca de usted y me pille. No, usted tiene que contestar esta llamada.

Louie apretó el botón y le acercó a Kirk el teléfono a la oreja.

—¿Diga? —dijo Kirk; entonces hizo una pausa mientras escuchaba a su interlocutor—. No, estoy liado en este momento.

Louie sonrió y le echó una mirada a Shorty.

—¿Cómo dices? ¿Que por la señal sabes que estoy en la montaña? —volteó los ojos—. ¡No, no vengas a buscarme! Me da igual que te apetezca hacer una merienda en el campo... —miró a Louie con incredulidad.

—Dígale que irá enseguida —le dijo Louie en voz baja.

Kirk asintió.

—Bombón, quédate donde estás. Iré enseguida.

Bree sintió deseos de poder embadurnarlo de chocolate y de atarlo a un poste junto a un hormiguero gigante.

—Eso es —repitió—. Estaré en la iglesia dentro de... —miró a Louie, que extendió los cinco dedos de una mano—. Cinco minutos, bombón. Quédate ahí, ¿vale? También te quiero —asintió a Louie como dándole a entender que había colgado.

—¿Aprieto el botón este? —le preguntó Louie.

—Ya ha colgado, así que se puede hablar. Sí, apriete ese botón —dijo Kirk.

Mientras Louie apretaba el botón, Kirk le echó una mirada victoriosa a Bree, que le devolvió una mirada de odio.

¡Mujeres! Nunca las entendería.

—De acuerdo —anunció Lou con el teléfono en la mano—. Es usted inteligente, Kirk; eso tengo que reconocérselo. Le devolveré el teléfono por si acaso esa dama vuelve a llamarlo; pero ni se le ocurra engañarnos o intentar pedir socorro, porque Shorty tiene los dedos muy nerviosos. ¿Entiende?

Kirk asintió.

Louie le echó otra mirada reflexiva.

—Voy a dejar que vaya a encontrarse con su novia, tío, porque yo he estado enamorado... —le echó una mirada a Bree— y caliente, y no quiero negarle una larga vida llena de amor. Soy un tipo sencillo. Lo único que quiero es el toro, no un montón de cadáveres con los que no sabría qué hacer. Pero si hace un movimiento en falso, uno solo, puede despedirse de sus días de dicha y amor. ¿Lo entiende?

Kirk asintió.

—¿Qué hago, Lou? —le preguntó Shorty, levantando la pistola.

Lou le metió el teléfono en el bolsillo de la camisa.

—Vas a acompañar a este señor que está a punto de casarse a la iglesia en su elegante camioneta. Di que lo estabas ayudando con algo... —miró a Kirk.

—Podemos decir que él, esto, me estaba ayudando a localizar unos fósiles en el bosque —dijo Kirk, aprovechando la oportunidad.

Louie frunció el ceño.

—¿Fósiles?

—Soy paleobotánico. Colecciono fósiles.

Louie miró a Bree y después a Kirk.

—Claro. Colecciona fósiles —Louie hizo un gesto para que Shorty se acercara—. Ven aquí y ayúdame a desatar a estos dos.

—¿Qué es lo que vas a hacer, Lou? —le preguntó Shorty mientras se acercaba a ellos.

—La chica y yo vamos a llevar el tráiler a la Cooperativa Montañesa porque allí hay todo tipo de vehículos aparcados imaginables, así que uno más no destacará. Te esperaré allí.

—¿Esperarme? ¿Y cómo llego yo?

Louie resopló con exasperación.

—Este pueblo es tan pequeño que puedes cruzarlo en media hora. Vas de la iglesia a la cooperativa; como mucho tardarás diez minutos.

—¿Puedo hacer una sugerencia? —le preguntó Kirk.

Louie lo miró algo sorprendido, pero asintió.

—Si le digo a mi prometida que es amigo mío, sería raro si le dejara ir andando a la cooperativa. Ella y yo lo llevaremos.

Bree lo miraba con tanta rabia que Kirk imaginó que al momento siguiente empezaría a echar humo. ¿Pero *qué* demonios le pasaba?

Louie se lo pensó un momento.

—Sí, me gusta la idea. Usted lleva a Shorty —dijo—. Qué pena que usted y yo no estemos juntos en esta operación —añadió en voz baja, antes de volverse hacia Bree—. Usted y yo compraremos comida para el toro en esa cooperativa. Si tienen *tofu*, deben tener algo que pueda comer su toro. Y me va a enseñar cómo manejar al animal, algo parecido a un curso intensivo.

Bree emitió un sonido ahogado bajo la mordaza. Louie suspiró pesadamente y se la retiró para que pudiera hablar.

Bree estaba más colorada que la mordaza que le había tapado la boca.

—¿Adónde se lleva a Val?

Louie miró al cielo un momento antes de bajar la vista de nuevo.

—No es asunto suyo. Ahora, puedo dejarla aquí para que las fieras del campo se la zampen de aperitivo, o puede venirse conmigo a hacer unas compras. Elija.

—Bree... —dijo Kirk, pero ella lo cortó con una mirada de desprecio.

—Iré a hacer la compra con usted —dijo en tono seco—. Y le daré unas lecciones sobre el toro con una condición.

Kirk aguantó la respiración. Maldición, sabía que aquella chica era muy capaz de negociar, ¿pero también con unos criminales armados? ¿Acaso se había vuelto loca?

Le echó una mirada y vio que seguía muy enfadada. Sí, estaba rabiosa. ¡Casi le daba más miedo estar atado a una mujer con mirada asesina que tener a un par de asesinos alrededor!

Pero aunque de momento estuviera furiosa y por alguna razón lo detestara, tenía que poner fin a aquel pacto. Le presionó la rodilla con la suya.

—Ah, no empieces otra vez, chico —le dijo en tono seco antes de volverse a mirar a Lou—. Éste es el trato. Yo lo ayudaré, pero después debe dejarme en libertad.

—¿Y cómo sé que no irá a cantarlo a la poli? —le preguntó Louie.

—Porque soy yo a quien busca la policía. Sería una estúpida si se me ocurriera llamarla.

Louie asintió mientras en sus labios se dibujaba una sonrisa pausada.

—Claro... —la miró mientras se mordía el labio inferior—. De acuerdo, trato hecho. Larguémonos de una vez.

En cuanto los desataron minutos después, Shorty y Kirk se encaminaron hacia la camioneta de Kirk.

Bree siguió a Louie al tráiler mientras se frotaba las muñecas para aliviar las marcas que la cuerda le había dejado en la piel.

—¿Unos consejos sobre el toro y después a la cooperativa? —le preguntó.

—Sí —dijo Louie—. En ese orden —se volvió hacia Shorty, que estaba montándose en el asiento del copiloto—. Acuérdate, el señor Fósil te va a dejar en la cooperativa. Nos encontramos allí.

Alguien tosió. Bree alzó la vista y vio que Kirk le echaba una mirada de complicidad.

Ella le respondió con una de desdén y continuó avanzando con Louie hacia el tráiler. Momentos después oyó que la camioneta se alejaba. Menos mal que se había librado de aquel romeo engañoso de tres al cuarto. ¿Y ella había pensado que aquél era el hombre con quien debía compartir su vida?

El estar al borde de la muerte le obnubilaba a uno la razón.

Se encontraba en ese momento sola en el claro del bosque donde estaba el tráiler, con Lou y Val. Y por primera vez desde que se habían desviado de la carretera, no sintió nada de miedo. ¡Hombres! Ahogó un resoplido. Por eso ella nunca había sentido la necesidad de casarse. Para eso, una tenía que compartir la vida con uno de ellos.

Louie estaba mordiéndole el filtro a un cigarrillo. Miró a Bree.

—Es alta para ser una chica —comentó.

—¿Tiene algún problema con eso?

¿Qué pensaba hacer? ¿Dispararle antes de que le diera el cursillo? Ese hombre la necesitaba.

Louie sonrió y después se puso serio.

—Me gusta usted. Tiene coraje.

Bree miró hacia el tráiler donde estaba Valentine. En los laterales había unas aberturas para asegurar la ventilación en el interior, y sabía que Val la estaría viendo por esas rendijas. También sabía que Val comprendería que estaba en peligro. Seguramente estaría allí quieto, vigilando, esperando a que ella le dijera lo que hacer.

Atento... esperando...

Ahogó una sonrisa. Oh, sí; Louie iba a ver enseguida el coraje que tenía...

—¿Quiere aprender lo que tiene que hacer para que se tumbe —dijo ella en tono muy amable— o quiere saber cómo debe sacarlo del tráiler?

Louie la miró con desconcierto.

—¿A mí qué me importa si se tumba o no? Si tengo que hacer algo, será sacarlo del tráiler.

Esa era precisamente la razón por la que le había hecho así la pregunta. Era más fácil llevar a un hombre que a un toro.

—De acuerdo, entonces abramos las puertas del tráiler —dijo Bree con dulzura.

Louie la siguió, y juntos abrieron las puertas. Val estaba de pie, de espaldas a ellos.

—Bueno —continuó diciendo Bree en tono aún más dulzón—. A Val, así se llama mi toro, no le gusta demasiado que nadie se coloque justo detrás de él —y dicho eso se movió a un lado de su pata trasera izquierda—. Lo mejor es si se coloca a mi derecha, un poco apartado de su pata derecha —le señaló el lugar exacto mientras hablaba.

El hombre vaciló.

—No se preocupe —le dijo ella—. Sabe que soy yo la que estoy detrás de él, así que estará manso como un gatito. Y confiará en cualquiera que esté conmigo —aleteó las pestañas—. Es de lo más seguro.

Louie dio un paso hacia delante al tiempo que Val meneaba la cola, que le rozó en la cara.

—Oh, qué lindo —arrulló Bree—. Está moviendo la cola; eso significa que le gusta usted.

Louie murmuró algo ininteligible sobre su esposa número no sé qué.

—Muy bien —continuó Bree—. Quédese ahí quieto. Voy a frotarle la pierna izquierda un poco, que es la señal para que él empiece a recular...

—¿Dónde está ella? —le preguntó Shorty por sexta, o tal vez séptima vez.

Estaba fumándose un cigarro y tenía la pistola enganchada en el cinturón.

Kirk no estaba seguro del tiempo que podría continuar con aquella farsa, fingiendo que Alicia debía estar esperándolo exactamente en aquel lugar preciso del aparcamiento que había delante de la iglesia. Había pasado por delante de la parroquia de camino a la comisaría esa mañana y se había fijado.

—Siempre hace lo mismo —murmuró Kirk, como si estuviera molesto porque su novia no hubiera llegado—. Para ella no existe la puntualidad.

—¿Cómo?

Kirk hizo una pausa.

—Siempre llega tarde —explicó.

—Ah —Shorty dio otra calada de su cigarrillo—. Bueno, podemos perder unos minutos más, mientras esa nena le da unas lecciones sobre cómo manejar al toro y todo eso.

A Kirk le molestaba que llamara nena a Bree, pero de momento no hizo caso a eso y continuó juntando las piezas de aquel rompecabezas en su mente, intentando averiguar cómo encajaban. Bree, Val y Louie pronto llegarían a la cooperativa; y entonces Bree y Louie entrarían a hacer algunas compras.

—¡Eh! —dijo Shorty mientras se ponía derecho, sentado en el asiento del copiloto—. ¿Ésa es ella?

Una mujer regordeta con el pelo rizado avanzaba por el aparcamiento. Se dirigía hacia Shorty, que tenía la cabeza vuelta hacia ella. Kirk aprovechó para mirarlo detenidamente, y se dio cuenta de que aquel hombre tenía más grasa que músculo. Por otra parte, él estaba acostumbrado a trabajar duro, al aire libre...

Aquél era un momento Tarl Cabot. Debía actuar, no pensar.

Kirk se lanzó sobre él. Con una mano le aplastó contra el cuello la mano que sostenía el cigarro. Se oyó el chisporroteo de la piel quemándose.

—¡Ay, me cachis en...!

Con la mano libre, Kirk le echó mano a la pistola. Forcejearon con el arma. Shorty maldecía, con el cuello sangrándole de la quemadura del cigarrillo. Durante el forcejeo, el cañón de la pistola apuntaba hacia la ventana, hacia Shorty, hacia Kirk.

—¡Está loco! —gritó Shorty.

La mujer que iba caminando por el aparcamiento se detuvo, vio a los dos hombres forcejeando por hacerse con la pistola y salió corriendo dando gritos.

Shorty volvió la cabeza. Kirk aprovechó la oportunidad para darle una patada a la manivela de la puerta de Shorty, que se abrió con el golpe.

Entonces Kirk empujó con el pie a Shorty, que salió volando del vehículo con la pistola aún en la mano.

Mientras la mujer continuaba gritando, Kirk arrancó el motor, pisó el acelerador y salió del aparcamiento a toda velocidad, agachándose por si acaso Shorty quería practicar el tiro. Vio que la mujer corría hacia la valla que rodeaba la iglesia y que desaparecía momentos después. Bien. Al menos estaba a salvo, aunque Kirk dudaba mucho que Shorty quisiera dispararle a otra persona que no fuera él.

Entonces, por el espejo retrovisor, vio a Shorty corriendo detrás de la camioneta como si pensara que podía alcanzarla. Kirk supo al verlo que quería dispararle sólo a él.

Seis minutos y dos señales de stop después, Kirk giró por la calle donde estaba el bar en el que esa mañana se había medio desnudado. Más o menos al otro lado de la calle, frente a Neder Brewsky's, estaba la Cooperativa Montañesa... Sí, allí estaba, llena de gente con camisetas de ésas en las que se ataba la prenda antes de teñirla haciendo la compra.

Aminoró el paso, buscando con la mirada el tráiler

negro. Bingo. En el extremo de una fila de coches aparcados, junto a bicicletas y un carro tirado por un poni de Shetland, estaba el tráiler.

—Maldición —murmuró Kirk entre dientes.

Sintió la tentación de dar la vuelta y salir de aquella calle, pero si Louie veía la camioneta dando la vuelta tal vez empezara a sospechar. Y si lo llamaban para que se acercara, cómo iba a explicar Kirk la ausencia de Shorty.

Además, Shorty sin duda aparecería enseguida, corriendo calle abajo.

Kirk aspiró hondo, preguntándose qué podría pasar; pero su concentración se vio interrumpida por un silbido agudo. Continuó conduciendo, evitando mirar directamente al tráiler al pasar junto a él. Tal vez si hacía como si no los hubiera visto... podría ganar tiempo e idear algo que explicara la ausencia de Shorty.

Otro prolongado y agudo silbido.

Frunció el ceño. Aquel sonido no era típico de Nederland. Dudaba de que esa gente levantara la voz, mucho menos de que se pusieran a silbar como si estuvieran llamando al ganado.

Ganado...

Conocía a alguien que sabía cómo llamar al ganado.

Miró por el espejo retrovisor. Allí estaba Bree, igual que aquella primera noche que la había recogido en la carretera de montaña, con el cabello rizado y revuelto, de pie en medio de la carretera agitando los brazos.

Frenó y dio marcha atrás. Tal vez Louie estuviera en la tienda y ella se hubiera escapado.

Tenía que salvarla.

Se detuvo y ella corrió hasta la ventanilla del lado del conductor.

—¿Dónde está Louie? —le preguntó Kirk.

—Atado en las montañas después de que Val le diera una coz y lo dejara inconsciente —miró al asiento del pasajero—. ¿Dónde está tu princesa? —le preguntó con sarcasmo.

—¿Dónde está qui...? —Kirk negó con la cabeza—. ¿Estás loca? Tenemos que discutir sobre cuál es la mejor opción para salvar la vida, no discutir acerca de Alicia...

—¿Me haces el amor cuando tu prometida estaba aquí al lado? —le dijo, aumentando el volumen con cada palabra que pronunciaba.

—Estaba intentando que mi teléfono realizara una auto llamada —dijo Kirk en tono tenso—. Tú, por otra parte, eras la que estabas haciendo otra cosa.

Bree soltó una exclamación entrecortada.

Shorty va a aparecer en cualquier momento. Y tiene una pistola —le advirtió Kirk—. Así que creo que lo mejor que podemos hacer es que tú te montes en el tráiler y te vayas a Chugwater y que yo conduzca esta camioneta hasta Denver.

Bree hizo una pausa y se puso seria.

—Pero esos criminales, como no saben en qué vehículo está el animal, lo más probable es que den parte de la matrícula de tu camioneta y no del tráiler que ellos mismos alquilaron. Sólo tienen que decir que ya has sido objeto de distintos cargos en Nederland, algo que el poli de los donuts podrá confirmar, y si quieren pueden añadir que ibas conduciendo bebido... —Bree se mordió el labio inferior, claramente imaginándose todo lo que estaba diciendo—. Lo cual significa que tal vez puedan pararte de camino a Denver y detenerte de nuevo —bajó la voz—. Por supuesto, ya sabes que te dejarían hacer esa llamada...

Kirk inmediatamente se imaginó a Alicia completamente histérica. Se miró el reloj. Eran casi las dos.

—Shorty va a aparecer de un momento a otro —murmuró.

—Mira —le dijo Bree con urgencia—. Lo mejor es que nos vayamos juntos en el tráiler. Me has dicho que has viajado mucho por el estado; tienes que conocer carreteras secundarias que vayan a Denver.

Él asintió.

—Bien —continuó Bree con entusiasmo—. Así que aunque denuncien la desaparición de su tráiler, la policía cubrirá las carreteras principales, mientras nosotros tomaremos las secundarias. Tú llegarás a tiempo a tu cena... y por el camino planearemos el modo de que Val y yo lleguemos sanos y salvos a Chugwater.

Un fragmento de una canción de los Beatles le vino a la cabeza.

—Podemos arreglarlo —dijo Kirk con convencimiento—. Voy a aparcar la camioneta —añadió—. Ve al tráiler y abre la puerta del lado del pasajero para que yo pueda entrar.

Capítulo 8

—HOLA, Lou.
Lou abrió los ojos y vio a Shorty inclinándose sobre él con esa expresión cariacontecida en sus ojos. Detrás de Shorty estaba el mismo cielo azul, enmarcado por las mismas ramas de pino agitándose con la brisa que Louie llevaba mirando desde que había recuperado el conocimiento.

Su último recuerdo era la pezuña enorme de aquel toro golpeándolo. En ese momento, le dolía la cabeza como si tuviera un equipo de construcción afanándose en su interior.

Coceado por un toro. Mejor sería que todo aquel asunto se arreglara pronto.

—Te quitaré la mordaza y te desato enseguida —dijo Shorty mientras se agachaba para retirarle la mordaza.

Cuando finalmente terminó de desatarlo, Louie aspiró una bocanada de aire fresco de la montaña.

—Mi cabeza... —pronunció en tono ronco—. ¿Tengo sangre por algún lado?

Shorty lo miró de arriba abajo con rapidez.

—No, pero tienes el pelo aplastado por un lado.

Louie pensó que a lo mejor la coz se la había dado en aquel lado de la cabeza. Había tenido suerte de que ese animal no le hubiera dado directamente; de otro modo le habría hecho una visita personal a San Antonio.

Louie se incorporó con esfuerzo sobre un codo y miró a su alrededor.

—¿Dónde está el camión?

Shorty se puso de pie y movió los pies nerviosamente de delante atrás.

—Esto, creo que la chica y el hombre lo tienen.

—¿Qué?

Louie cerró los ojos; no podía gritar hasta que no dejara de martillearle la cabeza. Aspirina. Necesitaba una aspirina.

—Ayúdame a levantarme —le pidió a Shorty.

—¿Me vas a dar un golpe?

Louie volteó los ojos.

—Eso aniquilaría mi propósito, ¿no te parece?

Con la ayuda de Shorty, Louie se puso de pie. Después de sacudirse las agujas de los pinos y la tierra de los pantalones y de la chaqueta, vio algo amarillo entre los arbustos.

No. No podía ser.

—¿Es un taxi eso que está ahí aparcado?

Louie recibió la respuesta al ver la mirada aborregada en la cara de Shorty.

—¿Has subido en un maldito taxi hasta aquí? —Louie se frotó las sienes, deseando que el dolor cediera—. ¿Y dónde está su camioneta? —le preguntó en tono bajo.

Shorty lo miró con pesar.

—Esto, la dejaron aparcada en la cooperativa. Se han llevado las llaves.

—Tienen las llaves —dijo Lou, controlándose para permanecer en calma—. Tienen el tráiler y al toro —dio unos pasos despacio, pero la cabeza le dolía con cada movimiento—. ¿Qué más tienen? —le preguntó con los dientes apretados—. ¿Tu cerebro?

A Shorty le tembló el labio inferior.

—Tú no puedes hablar —le dijo a la defensiva—. Dejas que una chica te golpee y te ate a...

—Me golpeó ese animal —dijo Louie, bajando a ese tono al que nadie se atrevería a cuestionarle lo ocurrido.

—Ah —Shorty empezó a moverse nervioso, miró al taxi que esperaba y después a Lou—. El contador corre.

Louie extendió la mano, y Shorty rebuscó en el bolsillo de la cazadora para sacarle un cigarrillo. Golpeó el paquete sobre la otra mano y sacó uno que le dio a Louie.

Louie se puso el cigarrillo en la boca y echó a andar hacia el taxi.

—Menos mal que está aparcado bastante lejos y que no me habrá visto atado al árbol.

Shorty lo alcanzó.

—Ha sido idea mía, Lou —dijo con profusión—. Le pedí a ese taxista que aparcara un poco más lejos de donde estábamos. No estaba seguro de lo que estaría pasando, pero sabía que tenías que seguir aquí arriba.

—No me apetece que nadie pueda identificarnos.

—Lou, el taxista es un chiquillo. Se vino para esta zona para huir de las maldades de la sociedad, para intentar volver a la tierra y volver a descubrir la paz y el amor. Ha estado poniendo música hippie.

Louie se paró y se retiró el cigarrillo de la boca.

—¿Has hecho de consejero espiritual para un taxista que come *tofu*? —fue a sacudir la cabeza, pero el movimiento sólo consiguió que aumentara el dolor—. No te pongas blandengue, Shorty. Tenemos un trabajo que terminar.

Shorty sacudió la cabeza con tanto ímpetu que le sonaron las mejillas.

—No, Lou, no lo haré. Te lo prometo.

Caminaron en silencio; sólo se oía el suave rumor de la brisa entre los pinares y el canto de un pájaro.

—Éste es el plan —dijo Lou finalmente—. Iremos en el taxi hasta la camioneta. Comprobaremos la matrícula y de ahí sacaremos una dirección.

—De acuerdo, Lou.

—¿Me sigues?

—Claro, Lou —comentó Shorty, otra vez con aquella voz engolada.

Llegaron al taxi. Louie sonrió al joven que estaba sentado al volante, preguntándose cómo demonios podría respirar por la nariz con todos esos pendientes.

—A la Cooperativa Montañesa —dijo Lou en tono cortés, preparándose para aguantar toda una charla sobre las perversidades de la sociedad hasta llegar a su destino.

—Utilizaremos la entrada de servicio —dijo Kirk—. Aparca en ese camino de ladrillo.

Señaló lo que parecía más una carretera de ladrillo que una simple entrada; los ladrillos del camino conducían hasta la casa más grande y opulenta que Bree había visto en su vida.

Y no porque las demás casas de aquella zona de Denver a la que Kirk se había referido como Cherry Creek no fueran sorprendentes; pero aquella casa parecía uno de esos castillos medievales europeos que había visto en fotografía. Tal vez fuera la piedra de los muros, o las torretas y los balcones. Entrecerró los ojos. ¿Eso era una gárgola? Pestañeó. Sí. En un rincón del tejado había una gárgola.

Kirk se casaba con una mujer que tenía muchísimo dinero. Bueno, podía haber deducido por su elegante camioneta que se casaba con alguien de dinero, ya que él le había dicho que era un regalo de boda de su futura suegra, pero esa casa palaciega terminó de darle a entender a Bree la cantidad de dinero que tenía la novia o su familia.

Pero él no parecía el tipo de hombre a quien le importara el dinero. Al menos no para tanto. El Kirk que ella conocía tenía corazón, coraje y pasión. Por lo que había mencionado de sus excavaciones por el mundo, sabía que a Kirk le gustaban los parajes agrestes, sentir la tierra con las manos, el sudor del esfuerzo honesto.

Un hombre así no necesitaba la riqueza para ganar experiencia en la vida.

Alicia debía de ser una mujer muy especial. Bree se concentró en el camino, en agarrar el volante con firmeza, para intentar ahogar la decepción que le atenazaba el corazón.

—Sigue hasta esas verjas de seguridad que están abiertas —le dijo, señalando unas verjas muy altas de hierro forjado donde terminaba el paseo de ladrillo—. Nos pararemos inmediatamente antes, detrás de esa hilera de arbustos, y pensaremos nuestro paso siguiente.

—No creo que esos arbustos puedan disimular este tráiler para transportar ganado —dijo Bree.

—Hay tantas personas y vehículos de servicio aquí, que éste pasará desapercibido.

Eso era cierto. Unas cuantas camionetas blancas muy grandes, en cuyos laterales se leía «Catering Cherry Creek», estaban aparcadas en un extremo de las puertas. Y por dentro había numerosos coches y otros vehículos, y gente que iba de un lado a otro con macetas de flores, bandejas y sillas.

Bree aparcó junto a la hilera de arbustos.

A través de un hueco entre el follaje se asomó al patio trasero y emitió un gemido entrecortado. Era como asomarse a un cuento de hadas. Un puente, adornado con luces parpadeantes y cientos de flores, conducía a la marquesina más grande que había visto en su vida. Incluso era mayor que la tienda del circo que había visto en Cheyenne el año anterior.

De pronto Bree se sintió pequeña entre tanta grandiosidad. Jamás se había sentido pequeña en su vida. ¿Y su sueño era explorar mundo? En ese momento, sólo de ver aquel jardín de Denver, se sentía anonadada.

—Las tres y cuarenta y cinco minutos —dijo Kirk mientras miraba su reloj de pulsera; soltó un suspiro sentido—. Ojalá supiera si esto empieza a las cuatro o a las cinco.

—Siento que tardáramos tanto por esas carreteras secundarias. Y que tuviéramos que pararnos a comer esa hamburguesa.

Había tenido tanta hambre que pensó que se desmayaría si no comía algo. Kirk también había estado muerto de hambre.

—Creí que habíamos hecho un trato y que dejarías de disculparte. Tal vez el viaje haya sido largo, pero al menos me he enterado de cómo coceó Val a Louie.

—Sí —concurrió ella—, y también he podido explicarte por qué no quiero ir a la policía todavía. Si hay policías corruptos implicados en esta trama, ¿quiénes son? Así que ahora entenderás que lo mejor es volver a casa y contactar con Bovine Best. Se especializan en toros Brahman, y seguramente habrán tenido situaciones extrañas como ésta antes. Creo que ellos sabrán cómo sacarme de este embrollo —aspiró hondo—. Y aunque no hayamos hablado de una cosa más... —se cruzó de brazos y desvió la mirada.

—¿Qué cosa más? —preguntó Kirk.

Bree se aclaró la voz y le echó una mirada a Kirk.

—Cuando estábamos atados, pensé que me estabas dando golpes para... bueno, ya sabes, para darme golpes...

Kirk se puso de pronto colorado.

—Ah, bueno, como te he dicho, sólo intentaba accionar el botón de auto llamada del móvil...

—Lo hiciste muy bien —respondió Bree en tono suave—. Y, esto, yo, estaba ayudándote a accionarlo...

Bueno, era más o menos la verdad, si uno le daba a accionar sus múltiples significados.

Kirk le tocó el brazo y una corriente de electricidad le pasó por todo el cuerpo.

—No me lo expliques —susurró él—. Me encantó que me ayudaras a accionarlo —hizo una pausa y la miró con sensualidad.

En ese momento, Bree se dio cuenta con toda claridad de que él había sentido lo mismo que ella: una pasión mutua, un amor por la aventura... Estaban de verdad hechos el uno para el otro, ¿o no? El corazón empezó a latirle con esperanza renovada. Tal vez no fuera demasiado tarde...

—Sólo tenemos unos minutos, Bree —dijo Kirk—. Tenemos que repasar nuestros planes.

Unos minutos. Esos serían los últimos que pasarían juntos. Por supuesto, ya era demasiado tarde para nada. Sólo porque se parecieran, compartieran sueños comunes y fueran capaces de generar más calor que una central de energía, eso no quería decir que él fuera a cambiar de planes para casarse con ella...

Bree miró a Kirk por última vez. Echaría de menos el azul de sus ojos. Tal vez sólo se conocieran de un día, pero después de lo que habían pasado juntos, sentía como si lo conociera desde hacía mucho tiempo. Sabía que cuando esos ojos azules se volvían opalinos, quería decir que estaba feliz; y que cuando se oscurecían, que estaba enfadado. Bree se fijó en su pelusilla de dos días y en el bucle que remataba su frente y que le daba aquel aspecto de inocencia.

Y en sus labios. Carnosos y sensuales. Ojalá lo hubiera besado.

El corazón se le encogió de nuevo. Debía dejarlo ir. Se habían conocido por casualidad; un encuentro loco entre dos aventureros, nada más.

—Como hemos hablado, creo que deberías dejar este tráiler en esa sección de almacenaje de la zona comercial de la ciudad —dijo Kirk.

De camino hacia allí, Kirk y Bree habían decidido que aunque se llevaran el tráiler hasta Denver, Bree debería abandonarlo en cuanto Val y ella estuvieran a salvo con George. Aunque Kirk no había hablado aún con él, confiaba en que su amigo podría llevar esa misma tarde a Bree y a Val a Chugwater. Como Kirk le había explicado, George a menudo se pasaba la tarde de los sábados explorando yacimientos locales, así que no le importaría llevarla. Además, después de haber viajado con George a zonas remotas y primitivas del planeta, compartían un pacto sin palabras de ayudarse mutuamente.

—¿Alguna cosa que debamos repasar de nuevo? —le preguntó Kirk.

Ella estaba dispuesta a aceptar que era demasiado tarde para que ocurriera algo más entre ellos, pero aún deseaba saber si tal vez, sólo tal vez, él había pensado alguna vez que entre ellos dos podría haber habido algo más. Después de todo, aún no se había casado. Sólo le estaría haciendo una pregunta de lo más sencilla a un hombre que seguía soltero...

De otro modo, si no lo hacía siempre se quedaría con la duda.

Se aclaró la voz.

—Antes de despedirnos, me gustaría preguntarte una cosa más.

—De acuerdo —contestó Kirk, que se volvió hacia ella—. A mí también me gustaría preguntarte algo.

Ella pestañeó.

—¿De verdad? —tragó saliva con dificultad; después de reaccionar exageradamente cuando estaban atados, no quería ser la primera en decirlo—. Empieza tú.

—¿Yo? —cuando ella asintió con énfasis, Kirk sonrió—. De acuerdo. ¿Por qué tienes esa chocolatina tatuada en el tobillo?

¿Eso era lo que quería saber? Intentó ahogar su decepción, pero supo que era mejor saber desde ese momento que no le preocupaba algo más profundo que un tatuaje, algo como sus sentimientos hacia él.

—Después de un torneo de voleibol en la facultad, un grupo de mi equipo hicimos una apuesta para hacernos unos tatuajes. La elección era limitada. No sabía si hacerme una calavera en llamas o una chocolatina.

—Yo pensé que tal vez fueras una de estas adictas al chocolate.

—Sí que me gusta —contestó en tono suave, pensando más en Kirk que en el chocolate—. En realidad, lo que más me gustó fue el modo en que el envoltorio se abría alrededor de la chocolatina. Me hizo pensar en el descubrimiento de una nueva aventura.

Kirk asintió.

—Conozco esa sensación. Ahora, tu pregunta.

Bree se mordió el labio, vacilando.

—Kirk...

—¡Kirk! —gritó una voz de mujer, por encima de la de Bree.

Bree y Kirk se volvieron a mirar hacia la ventanilla abierta del pasajero, donde una mujer delgada y mayor sonreía de oreja a oreja, dejando ver los dientes más blancos y bien colocados que Bree había visto en su vida.

—¿Qué está haciendo en un tráiler el que está a punto de ser el novio? —preguntó la mujer.

—¡Adrianne! —exclamó Kirk—. ¿Qué estás haciendo aquí?

—Esto, me han invitado —se echó a reír, jugueteando con el colgante de diamante que llevaba en una cadena—. Supuse que sería más fácil aparcar en la calle detrás de la casa, y por eso estoy usando la entrada de servicio.

—Claro. Maldita sea —dijo Kirk.

—¿Maldición? —repitió Adrianne mientras estudiaba su pelusilla y su cabello revuelto antes de echarle una mirada a Bree.

—Es que acabo de darme cuenta de que seguramente Alicia habrá invitado a los demás del museo a esta cena.

—Desde luego que sí —concedió Adrianne—. Mientras estabas en la excavación de Allenspark, Alicia llamó y nos invitó. Dijo que era un poco precipitado, pero que no había querido olvidarse de incluirnos en esta feliz ocasión.

—¿Incluirnos? —le preguntó Kirk.

—A algunos de los recaudadores de fondos, como yo. También a Ralph, a John, a Isabella...

—¿Y a George?

—Eso creo. Acabo de pasar junto a su coche que está ahí aparcado.

—Te veo dentro —dijo Kirk de pronto, claramente deseoso de que Adrianne se largara.

—De acuerdo —dijo ella, que le echó una mirada de extrañeza antes de volverse hacia las verjas.

—Estupendo —murmuró Kirk en tono sarcástico—. George está aquí, lo cual quiere decir que no podré hablar con él en un buen rato.

—Tengo una idea —dijo Bree—. Tú ve a tu fiesta y yo me arriesgo a llevarme este tráiler a Chugwater —cuando Kirk la miró como diciéndole que ni hablar, ella continuó—. Esto se está complicando mucho; además, es la cena de prueba y necesitas dejar ese aspecto de Indiana Jones que llevas.

Y ella necesitaba marcharse antes de que se le partiera el corazón.

—No —dijo Kirk en tono seco—. Ya lo hemos hablado antes. ¿Y si esos canallas llaman a la policía y le dicen que les hemos robado el camión? Acabarás en otro calabozo similar, y en medio de toda esa locura, esos tipos harán lo posible para llevarse a Val.

—Vas a llegar tarde a tu fiesta —le susurró Bree.
Debía marcharse. Dejar que ella aprendiera a vivir sin él.
—Diré que se me olvidó a qué hora empezaba. Todo el mundo piensa de todos modos que soy un tanto despistado...
—Yo sé que no.
Él hizo una pausa y la miró.
—Sí, tú sí que me conoces bien...
Kirk la miró a los ojos. Los tenía muy abiertos, empañados, cargados de preguntas.
Qué extraño, lo fácil que se comunicaban sin palabras; sólo a través de sus miradas, de sus cuerpos. Recordó la mirada de agradecimiento que Bree le había echado aquella noche, cuando la había recogido en la carretera. Y cómo le había indicado con mímica lo que tenía que hacer allí subido en la barra de aquel bar. Y el modo en que su cuerpo se había pegado al de él cuando estaban allí atados...
Sintió una tensión en la entrepierna al recordar la última de ellas. La miró a los ojos y se perdió en su mirada. Sus ojos grises brillaban con una emoción que impregnaba el ambiente. Esa emoción le penetraba a través de la piel y se le enroscaba en el corazón, apretándoselo y sumergiéndolo en un calor abrasador que lo atormentaba y exaltaba al mismo tiempo.
Ninguna mujer, ni siquiera Alicia, lo había alterado de ese modo. ¿Se estaría enamorando de Bree?
—¡Kirk! ¡Querido! —llamó una voz de mujer.
Miró por el parabrisas.
—Maldición —murmuró, observando a una mujer de busto generoso con un vestido beis de cachemir cruzar las verjas de hierro forjado.
—Tenemos compañía —le dijo Bree.
—Mi futura suegra —comentó Kirk entre dientes.
Detrás de ella avanzaba un joven con las manos meti-

das en los bolsillos de los pantalones, con aspecto de estar tremendamente aburrido.

—Mi futuro cuñado —murmuró Kirk.

Y detrás de él apareció una rubia esbelta con un vestido naranja pastel; la falda de seda salvaje flotaba a su alrededor con cada uno de los delicados pasos que daba. Iba colgada del brazo de un caballero mayor que iba riéndose, seguramente de una de sus bromas, como de costumbre.

—Y mi prometida y su abuelo.

—¿La princesa Alicia? —le preguntó Bree mientras se ponía derecha.

—Sí, la realeza está haciendo una visita al tráiler para transportar ganado. Adrianne ha debido de decírselo... Seguramente habrán pensado que estoy aquí, limpiando fósiles, y que me he olvidado de la hora a la que empieza la cena.

El ensayo del resto de su vida junto a otra mujer. Kirk le tomó la mano a Bree y se la apretó. Ella hizo lo mismo. Y de repente, Kirk se dio cuenta de que no quería soltar a Bree jamás.

El grupo rodeó el tráiler como una bandada de pájaros vestidos con sus mejores galas.

—Kirk, cariño, esa barba fuera —dijo Alicia mientras lo miraba por la ventanilla del pasajero—. Y sin duda esa ropa que llevas estará asquerosa y llena de polvo. Tendremos que quemarla —soltó una risilla—. Mamá tiene un esmoquin maravilloso esperándote sobre la cama de la habitación de invitados... —Alicia se llevó la mano al pelo, elegantemente peinado en un moño.

Le dio a Bree otro apretón y le soltó la mano. Una tristeza irracional lo invadió. ¿Acababa de soltar lo mejor que le había pasado por la vida?

Abrió la puerta del pasajero. Alicia agitó la mano delante de su cara y arrugó su naricilla.

—¡Argh! ¡Huele a...!

—Toro —terminó de decir Kirk.

—¿Cómo? —dijo Alicia, aleteando las pestañas.

Kirk la miró como si la viera por primera vez. ¿Todas la mujeres llevaban sombra de ojos y carmín a juego con el color de la ropa?

—Huele a toro —explicó Kirk, decidiendo que no era el momento de añadir que había uno de verdad en la parte de atrás.

—¿Y quién es...? —preguntó Alicia mientras ladeaba la cabeza para mirar mejor a Bree.

—Kirk, querido —interrumpió la madre de Alicia, que se había colocado detrás de su hija—. Deberías darte prisa y prepararte. Los invitados están empezando a llegar —miró a Bree—. ¿Es usted la que trae las mesas y sillas extras que pedimos?

—No —contestó Bree en tono suave.

—¡Kirk, hijo mío, cómo está el guerrero! —el abuelo metió el brazo por el hueco de la puerta y le dio a Kirk una palmada en el regazo—. ¿Esta señorita es uno de nuestros invitados? —le preguntó mientras miraba a Bree y con aquellos ojos risueños y brillantes enmarcados por unas cejas pobladas y canosas.

Kirk sonrió al abuelo de Alicia, Bart, con quien había compartido una cálida camaradería desde el primer día en que se habían conocido. Bart era el corazón de la familia, un hombre que había levantado una cadena de tiendas de una ferretería pequeña en Illinois.

El hermano de Alicia estaba detrás del abuelo, mirando interrogativamente de Kirk a Bree.

A Kirk se le encogió el estómago. Todos miraban a Bree, preguntándose quién sería.

—Eh, ya veo que todos os estáis preguntando quién es ella —dijo, intentando ganar tiempo.

¿Qué narices les decía de Bree? ¿Que estaba huyendo de la poli con un toro Brahman? ¿Que era la mujer por la que se había desnudado y por quien había peleado contra unos canallas para llegar hasta allí?

¿Y dónde demonios estaba George?

En ningún sitio. Allí era donde estaba. Kirk estaba solo en esa. Y teniendo en cuenta que George estaba dentro con su esposa, que sin duda estaría encantada de que una niñera estuviera cuidando a los niños mientras ella y su chico se lo pasaban en grande, a Kirk le dio la impresión de que en esa ocasión su amigo no podría echarle una mano hasta el día siguiente...

Lo cual quería decir que Kirk tendría que encontrar el modo de que Bree pasara allí la noche. Necesitaba que ella se quedara allí esa noche, saber que estaba a salvo. Podrían dejar a Val en el tráiler tranquilamente... Lo único que tenía que hacer era convencerlos de que Bree tenía que pasar la noche en la casa, en uno de los dormitorios de invitados.

Sonrió con tensión ante los rostros interrogantes de los familiares de Alicia.

De pronto se inclinó, le echó a Bree el brazo por los hombros y le dio un fuerte abrazo. De tal modo que tendría que haber estado muerto para no sentir las curvas femeninas del cuerpo de Bree moldeándose al suyo. ¿Y eran rosas lo que olía? Debía de haber tocado algún arbusto de rosas silvestres en las montañas ese día. Le apretó el hombro, vagamente consciente de la fuerza de sus músculos.

Curvada, rosada, fuerte. Una crepitante combinación de femineidad y fuerza.

—Ella es...

Curvada, Rosada. Fuerte. Curvada, rosada... Rosada...

¡Robbie!

De pronto vio una imagen en su mente de su mejor amigo, y recordó el comentario de Alicia de que no podría ir.

—Es... Mi padrino —anunció Kirk mientras se preguntaba si aquello podría funcionar.

Capítulo 9

BREE miró hacia la zanja de tierra, aún dolida de haber sido denominada como el «padrino» de Kirk. Kirk estaba justo a su lado. No se había peinado bien esa mañana, seguramente porque había corrido para poder ir a hacer una visita rápida a la excavación. El sol dorado iluminaba las puntas de su cabello despeinado, dándole la apariencia de un halo enredado.

Su orgullo pisoteado quedó momentáneamente olvidado mientras se sentaba a observar a Kirk. Maldición. Le encantaba aquel hombre con ese aspecto primitivo, poco convencional. Era su verdadera naturaleza, un reflejo de su amor por el mundo antiguo, autóctono.

Un aspecto muy distinto al de la noche anterior, en la cena ensayo.

Ahogó un suspiro al ver su mentón afeitado. Eso no había sido cosa de Kirk, sino de Alicia, que había insistido en que se afeitara antes de la cena. Y claro que le resultaba agradable contemplar aquella mandíbula fuerte, o ese hoyuelo sensual en la barbilla. Pero echaba de menos la pelusa de dos días que le daba el aspecto de Indiana Jones.

Él estaba hablando, y ella tuvo que aguzar el oído para escucharlo con el ruido del tráfico de la I 25 que pasaba a sus espaldas.

—Ha sido un beneficio enorme excavar en los solares en construcción de la ciudad porque le evita al museo el gasto y el esfuerzo de cavar —le explicó Kirk señalando el hoyo, que parecía de unos diez metros de hondo—. La mayor parte de la gente no sabe que Denver está levantado justo encima de una de las capas más ricas en fósiles del mundo. En este lugar en particular, hemos documentado sedimentos que datan del final del periodo de los dinosaurios.

Bree sentía que se le disipaba el mal humor. Le encantaba escuchar el entusiasmo en la voz de Kirk mientras él compartía la pasión de su vida con ella. Sabía cómo se sentía. Ella había experimentado lo mismo cuando había tenido la oportunidad de ver alguna pieza única de arte antiguo.

Kirk dio la vuelta al hoyo y señaló una sección en particular.

—He estado extrayendo fósiles de ese punto, haciéndome una idea de la selva que había aquí mismo hará unos, bueno, sesenta y cuatro millones de años.

Maldita sea, cuánto lo iba a echar de menos. Un aventurero, un científico y un tipo macizo y apuesto. Los hombres como él se daban muy poco, tan poco como los objetos con los que ambos soñaban. Jamás había compartido ese amor que sentía hacia la antigüedad con ninguna otra persona. Probablemente no volvería a verlo nunca más. Cada momento que pasara con Kirk era importante... cada momento lo atesoraría en su corazón para siempre.

Incluso esos momentos de locura de la noche anterior, cuando se había hecho pasar por la hermana de Robbie. Kirk, que había descubierto lo bien que se le daba hilar historias, le había contado a los invitados que

Robbie había enviado a Bree en avión para darle una sorpresa; y también les narró cómo Robbie, Bree y Kirk se habían criado juntos en su hogar en el estado de Washington, haciendo de todo: desde esquí acuático hasta pasar un día perdidos en un bosque cercano a la línea canadiense.

Y Bree había sonreído con cortesía y había asentido, mientras en secreto había deseado que todas esas aventuras con Kirk hubieran sido reales.

Aunque tenía que reconocer que el salir esa mañana de la mansión antes de que se levantaran los demás había tenido un aire de aventura. Kirk le había pedido a Bree que lo acompañara a hacer unos recados, además de a hacer una visita a la excavación. Después de asegurarse de que Val seguía cómodo y con comida suficiente en la parte de atrás del tráiler, que estaba escondido en el extremo de un patio que había detrás de una casita de invitados, Bree se había sentido encantada de salir de la mansión. De otro modo, se habría pasado la mañana aguantando el rollo de las damas de honor, mientras Alicia y sus amigas se peinaban y hacían las uñas y otras cosas de chicas para la boda de esa noche.

La boda de esa noche...

Bree no quería ni pensar en ello. La boda era un muro que se levantaría entre ella y Kirk para siempre. Cuanto antes se marchara, mejor.

Y sería pronto. George había prometido recogerlos a Val y a ella en la puerta trasera de la mansión al mediodía, y entonces se alejaría de todo aquello para siempre. Con lo planes hechos, Bree había dejado otro mensaje en el contestador de su abuela, explicándole que estaba en Denver y que no se preocupara, porque Bree y Val estarían pronto en casa.

Y Kirk iba a explicar la ausencia de Bree esa noche diciendo que había tenido que volver a casa por una emergencia.

—A lo mejor esta excavación podría ser mi hallazgo más importante —dijo Kirk con entusiasmo.

Estaba de pie con las piernas separadas, los brazos musculosos cruzados sobre el pecho. Había una potencia en su postura, una masculinidad que provocó que Bree fuera instintivamente consciente de su propia naturaleza sexual.

Sí. Cuanto antes se marchara, mejor.

—¿Por qué? —le preguntó Bree, que quería que Kirk se lo explicara otra vez para oír esa pasión en su voz, esa emoción que alimentaba sus sueños.

—Porque... —paseaba por el perímetro del hoyo— estos fósiles podrían revelar la línea KT de la que te hablé. Y eso sería un descubrimiento científico muy importante; la culminación de la búsqueda que dura ya más de la mitad de mi vida —la miró y se encogió de hombros, adoptando de nuevo aquel aspecto de chiquillo—. Pero de momento no hemos encontrado nada para demostrarlo. Aunque la semana pasada sacamos una piedra antigua con un grabado particular.

A Bree se le aceleró el pulso.

—¿Una piedra antigua?

Recordó que Kirk lo había mencionado la primera noche en el hostal.

—Recibí un mensaje de que uno de mis ayudantes se la llevó al museo para guardarla hasta que contactemos con el conservador adecuado.

—Ojalá la hubiera visto —dijo Bree—. Es el tipo de arte antiguo que me gustaría ver en Europa...

Se saltaría la parte del Orient Express. En esos momentos tenía muchas cosas que resolver. Había una posibilidad de que acabara sin dinero otra vez. Y al igual que tenía que dejar marchar a Kirk, tenía que dejar marchar los sueños de viajar a Europa. Al menos de momento. Algún día pensaría en cómo hacer realidad ese sueño.

Kirk miró a Bree, preguntándose qué sería lo que le

había nublado los pensamientos. Ojalá pudiera abrazarla, murmurarle que todo saldría bien.

Porque la verdad era que la deseaba con toda su alma.

Era algo que iba más allá del simple deseo de consolarla. Cada vez que la miraba quería estrecharla entre sus brazos, devorar sus labios suaves, saborear su aroma, acariciar su cuerpo fuerte y femenino.

Quería hacerla suya. Una locura... ¿O no?

—Podríamos pasar por el museo —sugirió Kirk—. Podría enseñarte esa piedra.

—No hay tiempo —murmuró Bree.

No había tiempo... Se acababa el tiempo. Debería actuar en ese momento; decirle lo que sentía antes de que fuera demasiado tarde.

—No pasa nada —añadió Bree—. Algún día viajaré por el mundo y podré ver todos los grabados antiguos habidos y por haber.

—Claro —dijo Kirk, hipnotizado con sus labios.

¿Se había acaso fijado antes en cómo se entreabrían cuando hablaba, en cómo sacaba la lengua para pasarla por el labio inferior?

—Claro —repitió—. Ése es tu sueño.

—Igual que el tuyo es descubrir la línea KT.

—Sí... Eso y echar raíces, tener familia, hijos...

Bree se estremeció ligeramente. ¿Le había dicho eso antes?

—¿Entonces te casas por eso?

—Totalmente —dijo él en voz baja—. Fui un niño solitario. Ya entonces juré que no me haría viejo solo. Tener una familia, raíces, es como tener aire para respirar. Lo necesito.

¿Lo necesitaría también Bree?

Bree asintió despacio, con el corazón encogido.

—Formar una familia, en este momento de mi vida, me resultaría agobiante —reconoció—. Aparte de los años en Laramie, me he pasado toda la vida en una ciudad donde hay menos habitantes que las personas que había anoche en tu cena. Deseo explorar el mundo, ver lo que hay, y que nada me ate.

—¿Nada... o nadie?

Bree desvió la mirada, evitando la mirada de Kirk. Parecía tan decepcionado... tan triste.

O tal vez fuera ella la que estuviera proyectando su propia pena en él. Porque se habían topado con la verdadera razón por la cual ninguno de los dos podría esperar más que el breve encuentro que habían compartido.

Él necesita echar raíces. Yo necesito ser libre.

—Es lo mismo —Bree se dio la vuelta y echó a andar hacia el coche para que Kirk no viera las lágrimas en sus ojos—. Es lo mismo, Kirk.

—¿Son los chefs de Paradis? —preguntó Alicia, que se acercó al mayordomo de la familia, Errol, que acababa de abrir la puerta.

Louie, que jamás se quedaba sin palabras, se quedó mudo al ver aquella mata de pelo rubio brillante enmarcando la cara más bonita que había visto en su vida. Maldita sea, y encima llevaba pantalones cortos, a pesar de estar en el mes de enero. Bueno, en realidad la temperatura no era tan fría que uno no pudiera llevar pantalones cortos; pero supuso que en realidad lo que quería era enseñar sus piernas esbeltas y bronceadas.

En un momento se le ocurrió que ése era el tipo de mujer neurótica y privilegiada que necesitaba de un chico malo para soltarla un poco, para enseñarle cómo era el mundo real.

—¿De qué? —preguntó Shorty.

Louie le echó a Shorty una de esas miradas asesinas para que cerrara la boca. Se volvió a mirar al mayordomo y a la chica y esbozó su sonrisa más encantadora.

—Eso es. Somos los chefs.

Se retiró un pedazo de pelusilla oscura que ensuciaba la chaquetilla blanca almidonada que llevaba puesta, cortesía de uno de los dos chefs de verdad que Shorty y él habían pescado a la puerta de aquella mansión tan elegante. Se alegraba de haber dejado el anillo que llevaba en el meñique en la camioneta; ningún chef llevaría algo así.

—¿Y usted es...? —le preguntó Louie, fijando la vista en los ojos azules de la rubia.

—Alicia —respondió ella.

A, liiiii, cia. A Louie le gustó el sonido de su nombre. Delicado, como la nata montada.

—Síganme —dijo ella mientras giraba cuidadosamente sobre sus sandalias blancas atadas al tobillo y avanzaba delicadamente por el suelo de mármol.

—Tú lo conoces —murmuró Louie, haciéndole una señal a Shorty para que lo siguiera.

Unos minutos después Alicia los invitaba a pasar a una de la cocinas más grandes que Louie había visto en su vida. Más grande que la cocina de Antonio's, el restaurante italiano que la familia tenía en Jersey y que ocupaba casi una manzana entera. Del techo colgaban sartenes y ollas de cobre de todas las formas y tamaños posibles. En el centro de la cocina había una mesa de carnicero de madera, lo bastante grande para tumbarse a dormir. Maldita sea, en uno de los extremos había incluso una chimenea y un sofá.

Aquello era estupendo, pero Louie quería continuar para ver dónde podrían estar la chica y el toro. Gracias a la matrícula del vehículo de ese Kirk, Louie había encontrado esa casa... donde se figuró que encontraría también a los amigos de Kirk.

—No me está escuchando —la rubia estaba muy derecha delante de Louie, cruzada de brazos.

Las aletas de su nariz se movían con delicadeza, indicando su fastidio.

Oh, sí, desde luego necesitaba que la soltaran un poco.

—Lo siento, señorita —dijo él—. Estaba escuchándola, pero me distrajo su belleza.

Era un tópico, pero merecía la pena recuperarlo en momentos como ése.

Ella alzó un poco su mentón elegante; el brillo de sus ojos azules la traicionó, haciéndole saber que su comentario le había producido placer.

—Hoy es el día de mi boda —dijo en tono suave mientras retrocedía un paso.

Demasiado suave. La dama no parecía muy segura. Sin duda era una de esas princesas de sociedad que se casaban por las razones equivocadas. Lo había visto antes.

—Qué pena —murmuró en tono sensual mientras se acercaba un poco a ella—. Una belleza como usted, fuera del mercado —le paseó la mirada despacio desde los dedos bonitos de los pies pintados de rosa hasta los labios carnosos y bien dibujados—. Debería estar prohibido por ley.

Estaba tan cerca de ella que le llegó el olor a su delicado perfume y sintió el calor dulce de su cuerpo extremadamente mimado.

Ella se puso colorada.

—No debería hablarme así —retrocedió de nuevo.

Él se acercó un poco más.

—No, no debería. Pero con usted pierdo el control.

Había retrocedido hasta una alcoba que daba a la cocina, donde estaba la despensa. Louie se acercó a ella, obligándola a entrar en la despensa oscura, donde su perfume dulce se mezclaba con el del clavo y la canela.

—Gritaré —susurró con voz temblorosa.

—No, no lo hará —dijo Louie en tono sensual al tiempo que apoyaba una mano sobre la pared detrás de ella—. Porque le gusto.

Ella alzó la mano para abofetearlo, pero él se la atrapó a medio camino. Entrelazó sus dedos suaves con los suyos y apoyó las manos unidas contra la pared.

La miró detenidamente, deleitándose con la entrepierna de los pantalones cortos pulcramente planchados, imaginándose la hendidura suave y dulce con el vello fino y rizado que probablemente oliera a lilas.

Alzó la mirada hasta su modesta blusa de algodón y le miró los pechos. Pequeños y redondos, de esos que llenaban la mano de un hombre.

La miró a los ojos. Eran de un azul brillante.

—Podría tomarla aquí mismo —le dijo con lujuria, hablándole tan cerca que Louie sintió su aliento cálido acariciándole los labios—. Podría bajarle esos pantalones cortos y tomarla, aquí en la despensa, con su familia ahí fuera...

Ella jadeaba ya y los pechos ciñéndose contra la blusa.

Oh, sí, la tenía bien pillada. Alicia era una de esas damas que jamás se deleitaban con ninguna fantasía sexual, a las que nadie había tumbado sobre una mesa, que nunca habían tenido que suplicarle a nadie para que se lo dieran...

Le soltó la mano.

—Pero no lo haré.

Retrocedió un paso, le echó una mirada tórrida cargada de promesas aún más ardientes, y se dio la vuelta para salir de la despensa.

—¡Espere! —le dijo, medio atragantándose con esa única palabra.

Él volvió un poco la cabeza para mirarla.

—¿Por qué... por qué no? —añadió ella.

—¿Por qué no el qué? —le preguntó, aunque sabía muy bien lo que ella le estaba pidiendo.

—¿Por qué no me toma?

Él sonrió para sus adentros, adoptando su mejor actitud de galán.

—Porque yo no tomo —su voz sonó como un rugido suave y seductor—. Yo doy. Y sólo cuando me lo pide la dama.

Sin duda nadie la había rechazado jamás.

Se dio la vuelta y salió de la despensa, sonriendo. Aquello era divertido... pero tenía que encontrar al toro millonario.

—¿Señor Dunmore? —le preguntó Errol.

Kirk estaba mirando por la ventana de la biblioteca la enorme marquesina donde se casaría esa noche. Alicia le ofrecía lo que básicamente deseaba él; lo que llevaba deseando toda su vida... Pero Bree... se había colado en su corazón de tal modo que Kirk se preguntaba si nada volvería a ser lo mismo.

Acababa de estar con George, que en ese momento estaba escondido detrás de la casita de los invitados que había en un extremo de la propiedad, sacando a Val con Bree del tráiler para meterlo en el camión de George. En unos minutos Bree y Val estarían de camino a Chugwater. No volvería a verla.

—Llámame Kirk —le recordó al mayordomo mientras se volvía a mirarlo.

—¿Le ocurre algo, señor? —le preguntó el mayordomo.

Cómo podía explicarle que le habían roto el corazón el día de su boda.

—No —mintió.

—Entonces, el señor Ivey está aquí, señor.

¿George Ivey? Debería estar de camino a Chugwater con Bree y Val.

—¿Dónde está?

—En la puerta, señor.

Kirk salió del estudio y cruzó el vestíbulo de mármol, donde George estaba con expresión muy preocupada.

—Se trata del yacimiento de la I 25 —George le susurró en tono frenético—. ¡Tienes que detenerlos!

Kirk sacó fuera a George y cerró la puerta a sus espaldas.

—¿Detener a quiénes?

—A los obreros. Uno de los voluntarios acaba de llamarme al móvil. Se pasó por la excavación a ver cómo iba y oyó que el capataz le decía a los hombres que rellenaran el hoyo. Parece ser que esa sección de la autovía está hecha y quieren dejarlo todo limpio y continuar.

—¡Teníamos un acuerdo verbal! ¡Dijeron que nos iban a avisar para que pudiéramos terminar con la excavación! —Kirk se pasó la mano por la cabeza.

—Maldita sea, Kirk, estamos atrapados. Sólo estamos invitados en ese terreno en construcción, nada más. Pero a ti se te da bien hablar con la gente, tal vez puedas acercarte hasta allí y pedirles que nos den un poco más de tiempo.

—Claro —Kirk avanzó unos pasos y entonces se volvió hacia George—. Hablaré con el capataz, maldita sea, con el alcalde o con el senador, si hiciera falta. Les recordaré que ese lugar podría contener la clave a un descubrimiento científico de lo más notable. Lo único que necesitamos es una o dos semanas más...

Maldición, tendría que convencer a Alicia para que pospusieran la luna de miel. Ella se molestaría, se enfadaría cuando supiera que ese «agujero viejo» había desbaratado sus planes.

Kirk se palpó los bolsillos.

—Bien. Tengo mis llaves; el coche lo tengo aparcado a la vuelta. Le diré a Errol que volveré enseguida —Kirk abrió la puerta un poco—. ¿Dónde está Bree?

—Aquí —se acercó a George por la espalda.

—Ve con George —le ordenó—. Vuelve a casa —se dio la vuelta, pero antes de hacerlo vio una sombra de dolor en su mirada—. Él te lo explicará.

Empujó la puerta, detestando darle la espalda; pero ambos debían continuar, seguir cada uno su vida...

Al otro lado del vestíbulo vio algo blanco a la puerta de la cocina. Un chef.

El tipo se volvió y miró directamente a Kirk. Era Louie.

Kirk volvió a cerrar la puerta y miró a Bree.

—Están aquí. Dentro de la casa.
—¿Quiénes? —preguntó Bree confundida.
—¡Ellos! —contestó Kirk.

Ella hizo una pausa.

—¿Los criminales?
—Eso es. Vosotros dos, volved al camión —ordenó Kirk—. Esperad diez minutos antes de marcharos. No saben dónde lo tenéis aparcado. Estáis a salvo.

Echó a correr hacia su coche, aparcado a la vuelta de la casa. Volvió la cabeza y le echó a Bree una última mirada.

—Te quiero —le dijo sólo vocalizando para que le leyera los labios.

Rápidamente alcanzó el coche. Saltó al interior y lo puso en marcha.

La puerta del lado del pasajero se abrió. Kirk se estremeció mientras se volvía a mirar, esperando ver a Louie apuntándolo con una pistola. Pero en lugar de Lou lo que vio fue aquellos ojos grises llenos de coraje.

Bree se sentó y cerró la puerta.

—Voy contigo.

Él metió la primera.

—Maldita sea. Quería que te quedaras con George. Estarás a salvo con él.

Demasiado tarde para discutir. Cada segundo contaba. Pisó el acelerador y salió hacia una calle lateral.

—Pero me amas —dijo Bree—. Y yo a ti también. No voy a dejarte ahora. Vamos a enfrentarnos a esto juntos.

Kirk entró en la calle y pisó más el acelerador. Entonces miró por el espejo retrovisor. Detrás de ellos iba una camioneta blanca con dos chefs vestidos de blanco en los asientos delanteros. Y entre ellos iba Alicia.

—Oh, Dios —exclamó Bree, que había vuelto la cabeza hacia atrás.

—Lo sé. Tienen a Alicia —dijo Kirk.

—No es eso —respondió Bree con voz temblorosa—. ¡Detrás de la camioneta blanca va la de mi abuela!

—¡Tu abuela! —gritó.

—Le dije tu dirección... seguramente me vio, vio tu coche...

—Estupendo. Y ha decidido unirse a la caravana —Kirk resopló.

Corrió por las calles a toda velocidad mientras se obligaba a pensar con rapidez. En ese momento, esa caravana lo seguiría adonde fuera.

Entonces se le ocurrió cuál era el mejor sitio para conducirlos a todos.

—Voy a llamar a emergencias —dijo Alicia mientras sacaba su móvil plateado y rosa del bolsillo de sus pantalones cortos.

—Ni hablar —Louie, agarró el volante con una mano y con la otra intentó quitarle el móvil.

Alicia se apartó de Louie y con la fuerza del forcejeo golpeó a Shorty con el móvil en la cabeza.

—¡Ay! —gritó Shorty.

—¡Dame ese maldito teléfono! —gritó Louie dando bandazos por la carretera al intentar hacerse con el teléfono.

Alicia se metió el teléfono por la abertura delantera de la blusa.

Louie dio un golpe al volante.

—Vaya idea más bonita, bombón. ¿Me vas a hacer ir a pescar *antes* de que llegue a Los Cayos?

—¿A Los Cayos? —le preguntó, presionando la mano sobre el sitio entre los pechos donde tenía el teléfono para protegerlo.

—El sueño de Louie es comprar un negocio de pesca en Los Cayos —le explicó Shorty.

—Cállate, Shorty —Louie le hizo a Alicia un gesto con los dedos para que le diera el teléfono—. Dámelo.

—No —dijo Alicia con reparo, presionando el teléfono con mayor empeño.

Louie no sabía dónde aprendían aquel comportamiento las personas como ella; nunca lo entendería. Pero cortaría aquel juego enseguida. Sacó la pistola.

Alicia gritó. Abrió mucho los ojos, pero no parecía tener miedo. Más bien parecía... emocionada.

—¡No la dispares, Lou! —gritó Shorty—. ¿Te acuerdas lo que dijo ese chico sobre las enfermedades de la sociedad?

Después de aquel incidente del móvil, Shorty había perdido definitivamente el derecho a visitarlo en Los Cayos.

—¿Dónde va ese novio tuyo? —gruñó con la vista fija en la camioneta de delante.

—Seguramente hacia ese hoyo del que está tan orgulloso —contestó Alicia—. Con esa chica alta que dice que es la hermana de Robbie; pero cuando llamé a Robbie para preguntarle por su pierna, me dijo que él no tiene ninguna hermana —Alicia remató la frase con un sonido de indignación.

—¿Y dónde está ese hoyo? —repitió Lou, ignorando el resto.

Cuando las mujeres se ponían envidiosas, Lou desconectaba.

—Es una obra que hay junto a la autovía I 25, en Hampden —le explicó Alicia—. Se ve desde la carretera.

—¿Tiene móvil?

Alicia pestañeó como si aquella fuera la pregunta más tonta del mundo.

—Llámalo. Dile que no queremos líos, sólo el toro. Dile que vamos armados.

—¿El toro? —repitió con desinterés, más ocupada con la blusa que con otra cosa—. Se me ha atascado el teléfono en el sujetador.

—Entonces quítate el maldito sujetador y llámalo. Louie se rascó el cuello. La tela almidonada le estaba picando. No le extrañaba que los chefs se pusieran de tan mal humor.

Después de tirar y tirar, Alicia anunció.

—No puedo quitármelo con la blusa puesta, y yo *jamás* me desnudo en público

Ésa fue la gota que colmó el vaso. Louie giró el volante, acercó la furgoneta a un lado y pisó el freno.

—¿Qué diablos estás haciendo, Lou? —gritó Shorty, que se precipitó contra la ventanilla del otro lado.

Louie miró a Alicia.

—Tú. Quítatelo.

Ella frunció la boca pintada de carmín rosa.

—Caramba, yo nunca...

—No me digas nada, hermana, porque te lo noto en la cara que nunca lo haces. Ahora, quítate el sujetador.

—¡No!

Se cruzó de brazos con fuerza.

—Eres un auténtico problema. Peor que Shorty.

Alicia lo miró con furia.

—Me sacas a rastras de mi casa, me obligas a meterme en esta furgoneta y ahora me ordenas que me quite la ropa...

—Ya te gustaría —murmuró Louie mientras la miraba.

No era de los que le quitaba a la fuerza la ropa a una chica, a no ser que ella se lo pidiera. Bueno, Alicia ya le había dicho dónde pensaba que se dirigían la chica y Kirk, así que Louie decidió que lo mejor era abandonar allí a Alicia.

—Sal de aquí —le dijo a Alicia.

Abrió la puerta, la agarró del brazo y salió con ella.

—¡Bestia! ¡Suéltame!

Se retorció un poco y lo golpeó un par de veces con el puño semicerrado.

Mucho ruido y pocas nueces. Desde luego conocía aquel tipo de mujer. Gritona, apasionada... pero muy entretenida.

Le dio una palmada en el trasero y la empujó hacia la acera.

—Ahora echa a correr.

Ella se dio la vuelta y lo miró con desafío.

—¡A mí nadie me da órdenes!

—¿Ah, sí? Pues yo acabo de hacerlo —dijo mientras empezaba a meterse en la camioneta.

—Voy a llamar a la policía —dijo Alicia con voz temblorosa mientras se metía la mano por la blusa—. Me sé la matrícula de Kirk. Le diré a la policía que me secuestrasteis, que robasteis la camioneta de mi prometido, que me apuntasteis con una pistola, que me ordenasteis que me desnudara...

Qué manía le había dado con el desnudo.

—He recibido amenazas peores que las tuyas, bombón —dijo Louie, de nuevo sentado al volante.

Se inclinó hacia el lado y agarró la manivela, listo para cerrar la puerta.

—Y les diré que podrán encontraros en la I 25 en Hampden —le gritó.

Louie se detuvo. ¿Quién había dicho que las rubias eran más divertidas? Se bajó otra vez de la furgoneta y señaló la puerta abierta.

—Súbete a la camioneta...

Ella se dio media vuelta y echó a correr con sus sandalias blancas de tacón alto. Louie echó a correr tras ella y la alcanzó al llegar al césped de la casa donde había aparcado la camioneta.

Alicia se dio la vuelta.

—¡Suéltame!

El teléfono se le cayó de la mano.

Los dos se lanzaron a por él y cayeron sobre la hierba, golpeándose sin querer, moviendo brazos y piernas.

Finalmente, con el teléfono en la mano, Louie rodó sobre Alicia, aplastándola, mientras le inmovilizaba ambas manos contra el suelo. Estaban sin aliento, sudorosos.

—Quítate de encima —le susurró Alicia con voz ronca.

El hueco en la base del cuello palpitaba con rapidez. Aspiró hondo, irregularmente. Un calor oscuro ardía en sus ojos.

Instintivamente, él le metió la rodilla entre las piernas para separárselas. Su mirada se tornó ávida.

Inclinó la cabeza, vaciló, y entonces selló sus labios con un beso brusco, hundiendo la lengua en su dulce y húmeda caverna. Se estremeció bajo su cuerpo y empezó a darle con la pelvis para quitárselo de encima.

Él apartó la boca de la suya con brusquedad, aspiró hondo y se quitó de encima de ella. De pie a su lado, la miró allí tumbada.

Jadeaba, tenía los labios ligeramente abultados. Los primeros botones de la blusa habían saltado, dejando al descubierto su sujetador de encaje. Sobre la tela se veía la turgencia de sus pechos, un pezón medio cubierto. Se arqueó hacia él y lo miró con sugerencia...

—No creo que te vayas a casar hoy, bombón —le dijo en tono sensual—. Ahora vuelve a la camioneta. Tengo un asunto pendiente.

Capítulo 10

KIRK se desvió por la salida de Hampden, giró a la derecha y se detuvo en mitad del terreno en construcción dejando una nube de polvo. Después de parar el coche, saltó del vehículo y corrió hacia el hoyo.

Cubierto.

Aparte de lo que había excavado él, toda su cuidadosa investigación había sido enterrada.

Furioso, avanzó hacia el capataz, un tipo rechoncho con un casco brillante azul y naranja.

Bree salió del asiento del pasajero y echó una mirada hacia el hoyo ya cubierto.

No era de extrañar que Kirk fuera con tanto genio a hablar con el capataz. Aquella discusión iba a subir de tono. Ella no sabía qué hacer para ayudar, pero al menos estaba allí con él para apoyarlo.

En ésas estaban cuando una camioneta roja entró a toda prisa en el solar, llevándose por delante varios barriles de plástico antes de evitar rozarse con un tractor, provocando un ruido horrible.

Todos dejaron lo que estaban haciendo y se volvieron

a mirar horrorizados mientras la camioneta roja se detenía.

La puerta del conductor se abrió de repente y del vehículo salió una mujer con el pelo blanco, vestida con vaqueros y chaqueta de cuero. Miró a su alrededor, vio a Bree y echó a andar con sus botas color crema por la explanada de tierra y charcos.

—¡Mi preciosa nieta! ¡Tu abuela ha venido a ayudarte!

Kirk, que apenas había tenido la oportunidad de expresar su disgusto al capataz, se quedó mirando a las dos mujeres. Así que ésa era la abuela de Bree, la fuente de los genes salvajes y poco convencionales de ella.

Bree corrió hacia ella y se dieron un gran abrazo, riendo y llorando al mismo tiempo.

El capataz suspiró con fuerza, se limpió el sudor de la frente y miró a Kirk.

—¿Es amiga suya?
—Más o menos.

El asunto que lo ocupaba ya era bastante complicado sin necesidad de añadir el drama de su vida personal a ello.

—En cuanto a ese hoyo...

¡Pum! ¡Crac! ¡Bang! ¡Pon!

Un Mercedes negro y reluciente entró en el solar zigzagueando, evitando por los pelos darse contra los barriles y el tractor. Pero fue directamente hacia un agujero y se le pinchó una rueda antes de empezar a trazar semicírculos como si no supiera lo que hacer.

Todos contemplaban los daños del Mercedes como si fuera el espectáculo siguiente de un circo alocado.

El capataz suspiró de nuevo.

—¿Más amigos suyos? —le preguntó con parsimonia.

—Más o menos —repitió Kirk—. Ahora, en cuanto a ese...

—Tiene más «más o menos» que nadie —lo interrumpió el capataz en tono insulso, como si no tuviera energía para molestarse con nada.

A decir verdad, Kirk ya no se sentía tan quisquilloso. El agujero estaba tapado. ¿Qué podía hacer ya? ¿Hacer que volvieran a abrirlo y cargarle el coste al museo? Además, de pronto se sintió totalmente exhausto. Había hecho tantas cosas extrañas en las últimas veinticuatro horas... Había recogido a un toro en la carretera, se había desnudado delante de unas mujeres extrañas, lo habían atado, había estado en un calabozo, le habían disparado...

Y se había enamorado.

¿Cómo podía enfadarse por un hoyo cuando estaba locamente enamorado?

Y todo había empezado cuando había recogido a una chica y a su toro en una carretera oscura de montaña. Si la vida dependía de momentos así, aquél había cambiado su vida para siempre. Sí, había habido momentos de angustia, pero a partir de ese momento su vida había cambiado totalmente.

Para bien o para mal, había encontrado su verdadera alma gemela, a Bree.

Una sensación de euforia lo invadió; una alegría tan intensa que rayaba en la angustia le inundó el corazón. Así que *eso* era estar enamorado.

El Mercedes Benz se detuvo por fin. Las puertas se abrieron. Del asiento del conductor salió una mujer envuelta en una túnica de seda azul con zapatillas a juego. Del lado del pasajero salió un niño con pantalones largos, un suéter y unos mocasines. Del asiento trasero salió un hombre muy alto; llevaba un abrigo de fieltro encima de un pijama de rayas y unas botas camperas.

La mujer se dirigió hacia Kirk.

—¡Kirk, cariño, George nos ha dicho que te encontraríamos aquí! ¡Oh, Dios mío, oh Dios mío, unos gánsteres han secuestrado a nuestra pequeña e inocente Alicia! —la mujer se retorció las manos mientras gemía con histerismo—. Nuestra niña, tu prometida, traumatizada el día de su boda.

El capataz le echó una mirada a Kirk.

—Más o menos —murmuró Kirk, imaginando que eso contestaría más o menos lo que el tipo quisiera preguntarle.

El abuelo, que estaba maldiciendo entre dientes, siguió a la mujer. Tenía el cabello blanco de punta, como electrificado, y una mirada asesina que parecía decir que mataría al primer canalla que se cruzara en su camino.

El capataz no se movió, e indicó a sus hombres para que siguieran su ejemplo.

El único que no gritaba era el hermano cabizbajo, que se quedó rezagado junto al Mercedes, con una mirada como si no supiera por qué estaba allí.

Kirk se puso tenso, temiendo que el abuelo pegara a alguien o a algo, cuando la reluciente camioneta clara de Kirk, su «regalo de bodas», apareció en la escena y se detuvo a tan sólo medio metro del Mercedes negro.

El capataz, claramente sorprendido por la secuencia de acontecimientos, estaba allí con la boca abierta.

—Esos son los gánsteres —le explicó Kirk con calma al capataz, como si le estuviera explicando a un niño por qué el cielo era azul—. Que tienen a mi prometida secuestrada.

Kirk sabía que esos matones eran más de pega que peligrosos, pero no tenía ganas de explicarle también esa parte.

Los dos chefs bajaron de la camioneta, ambos con armas en la mano y el alto agarrando a una rubia. Los tres se dirigieron directamente hacia Kirk. Y, contando a la madre de Alicia y a su abuelo, hacía un total de cinco personas.

—Tengo que largarme —murmuró el capataz, que retrocedió unos pasos—. Siento lo del hoyo.

Kirk esbozó una sonrisa de suficiencia. El hoyo.

—Eh, tío —dijo Kirk—. Los dos lo hicimos lo mejor que pudimos —añadió, y de pronto se dio cuenta de que era verdad.

Porque en ese momento se dio cuenta. Nadie sabe jamás qué lección le da a uno una experiencia vital porque todo es un juego. Sea en una relación, en un trabajo, o con un maldito hoyo, a veces uno pierde y a veces uno gana.

Pero si uno está dispuesto a aprender la lección, entonces siempre gana.

En ese momento, su teoría del ganador estaba siendo puesta a prueba porque el canalla más alto de los dos, con la pistola en la mano, pegó su nariz a la de Kirk y rugió:

—Déme ese toro y nadie sufrirá ningún daño.

Alicia, que estaba allí con el mafioso, con la blusa desabotonada y toda la cara manchada de carmín, lo miró y susurró:

—Por Dios, Kirk, dale lo que pide.

Kirk miró extrañado a Alicia, que sin duda lo sorprendió, y después miró a Louie. Tal vez la vida fuera un juego, pero el porvenir de Bree era lo que se estaban arriesgando.

—Sobre mi cadáver —dijo Kirk, mirando a Louie con seriedad.

Tarl Cabot estaría orgulloso de aquello.

Louie alzó la pistola un poco y apuntó directamente al entrecejo de Kirk.

Bree gritó, seguida de los gritos de Alicia, de su madre e incluso de su hermano, que finalmente había decidido decir algo. El abuelo avanzó un paso hacia Kirk, rogándole a éste con la mirada que le diera a los canallas lo que pedían.

Kirk siempre había pensado que, al borde de la muerte, uno veía su vida como si fuera una película que le pasaran por delante.

En ese momento supo que no era cierto. Lo que sintió fue decepción por no haber hecho nunca el amor con Bree, por no haber experimentado jamás la alegría que podrían haber compartido.

Un silbido estridente y prolongado puntuó sus pensamientos de desaliento.

Al principio Kirk pensó que era su suegra de nuevo, pero entonces se dio cuenta de que era un coche de policía seguido de tres más, con luces y sirenas girando. Se pararon a pocos metros de aquella disparatada reunión.

—¡Que nadie se mueva! —gritó una dura voz masculina por un megáfono.

Dos horas después, Bree estaba sentada al lado de Kirk en el banco de un calabozo, intentando evitar su mirada. Se mordió el labio inferior mientras admiraba de soslayo sus facciones apuestas aunque crispadas en ese momento.

Ningún hombre tenía derecho a sentirse tan mal y ser al mismo tiempo tan apuesto.

Sí, cierto era que no debería estar pensando en tales cosas en ese momento, pero teniendo en cuenta todo lo que habían pasado, estaba en su derecho si quería apreciarlo. Y cada vez que pensaba algo bueno de él, el deseo por Kirk crecía en ella, provocándola con lo que podría haber sido si al menos...

Clic, clac, clic, clac... Unos pasos se acercaban por el pasillo.

Alicia, acompañada de varios agentes, avanzaba entre las celdas con un traje de flores. Llevaba una flor fucsia detrás de la oreja y un enorme sombrero de paja debajo de uno de sus esbeltos brazos.

—¡*Aloha*! —saludó al grupo, que estaba dividido en distintas celdas.

La familia estaba en una celda grande, los dos ladrones en una más pequeña. Pero nadie le contestó, ni siquiera el policía que estaba a su lado, con las llaves en la mano.

—¡Os he pagado a todos la fianza! —gritó Alicia con orgullo haciendo un gesto de victoria.

—¿Incluso la nuestra? —preguntó Louie en tono apagado, con la chaquetilla de chef toda sucia de tierra después de lo que había pasado en el solar en construcción.

—Sobre todo la tuya —dijo Alicia en voz baja y acaramelada; entonces rotó los hombros y se volvió hacia los demás—. Tengo que comunicaros algo —dijo Alicia—. La boda queda cancelada.

La madre de Alicia se llevó la mano al pecho y gimió.

—No pasa nada, mamá —dijo Alicia sin darle importancia—. Supongo que lo mejor es recibir a los invitados, decirles entonces que no hay boda y celebrar una buena fiesta —Alicia miró a Kirk—. Kirk, cariño... —dijo en tono suave y dulzón—. Ambos deseábamos tanto las mismas cosas: niños, familia. Los dos tuvimos infancias solitarias y cuando nos conocimos y nos dimos cuenta de que queríamos lo mismo, pensamos que habíamos encontrado una mina de oro. El único problema es que la pasión que sentimos fue por nuestros sueños, no el uno por el otro.

Kirk fue a decir algo, pero entonces cerró la boca y asintió. Estaba claro que sabía perfectamente de lo que Alicia estaba hablando.

—Y, además —añadió Alicia—, está claro que amas a esa chica; la que dices que es la hermana de Robbie.

Bree se puso colorada. Kirk le había dicho que la amaba, y ella le había contestado lo mismo, pero se supuso que lo había hecho por la urgencia de la despedida. Aunque, bien pensado, en el fondo de su corazón sabía que ella lo había dicho en serio.

Y tal vez Kirk también.

Sintió que se le henchía el corazón. ¿La amaba?

—Y en cuanto a mí —dijo Alicia tímidamente mientras aleteaba las pestañas en dirección a Louie—. Estoy enamorada de este chico malo que me ha demostrado lo que es la pasión y los sueños y... bueno, lo que es la vida en general.

La madre de Alicia soltó otro grito.

Ignorando el soponcio de su madre, Alicia esbozó una sonrisa triunfante.

—Louie y yo vamos a irnos a vivir a Los Cayos para montar un negocio de pesca.

Al momento sonó un golpe seco.

Todos se volvieron a mirar hacia el calabozo más grande. La madre de Alicia se había desmayado sobre el banco, con las manos en el pecho.

—Por amor de Dios —murmuró la madre con voz débil—. Que alguien me traiga un vermú doble. Alicia se va a marchar de casa otra vez. Pensé que se le pasaría en su adolescencia, pero veo que no...

—Además del vermú de urgencia, tengo otra petición —dijo Kirk.

Todos se volvieron a mirarlo en silencio.

Se volvió hacia Bree, se apoyó sobre una rodilla, pero después cambió de idea y se sentó de nuevo.

—Me gusta estar a la misma altura que tú —le susurró él; entonces se aclaró la voz—. Bree —dijo, mirándola con aquel tono opalino que adoptaban sus ojos cuando estaba feliz—. ¿Quieres casarte conmigo?

¿Casarse? Bree vaciló. Sí, Kirk era el hombre de sus sueños. El hombre con quien quería explorar el mundo, compartir aventuras, adentrarse en el arte antiguo del planeta. Y sabía que en todo momento se amarían con una pasión que jamás habría creído posible. Pero...

Las raíces, la familia, los hijos... ¿No era eso lo que Kirk quería? ¿Lo que deseaba con tanta desesperación como descubrir la línea KT?

Kirk la miraba con entusiasmo, instándola a que aceptara.

Bree se enjugó unas lágrimas, oyó los suspiros de los asistentes que pensaban que eran lágrimas de emoción. Y lo eran. Pero no debía estar ciega a sus deseos.

—Llevo toda mi vida queriendo escapar de Chugwater —le susurró en tono ronco—. Esperando la oportunidad para ver mundo, para explorar el arte antiguo, tal vez incluso para hacer un viaje en el Orient Express... —rotó los hombros con dificultad, intentó controlar una sensación de náusea en el estómago.

Dios cuánto lo amaba. ¿Pero no disminuiría el amor, no moriría, si dejaba de lado sus propios sueños? Kirk deseaba todo de lo que ella quería escapar.

Con los ojos llenos de lágrimas, miró a Kirk a los ojos.

—No, Kirk, no puedo casarme contigo.

—¡Val!

Bree llamó al toro, que masticaba avena atado a un poste en el centro de un espacio en medio del laberinto que estaban construyendo en el museo. Le echó los brazos al cuello y miró a Kirk con agradecimiento.

—Has cuidado de él como me prometiste —le dijo Bree—. Gracias.

Él sonrió, con cierta tristeza, recordando esos hoyuelos que tanto amaba. Desde la cárcel hasta allí el trayecto había sido corto, pero el camino que su corazón había recorrido había sido demasiado largo. Se sentía bien por haber cuidado de Val, y a pesar del caos que Bree y él habían organizado, había terminado ocupándose también de ella. Aunque le hubiera gustado hacerlo durante el resto de sus días, debía aceptar su rechazo con gentileza. Había aprendido que aunque a veces dos personas estuvieran enamoradas, no coincidían en ese amor.

—Bueno, en realidad es a George a quien deberías dar las gracias. Le dije que escondiera aquí a Val, en el museo, en el centro de esta exposición del Laberinto del Minotauro —dijo Kirk—. Nadie puede entrar en esta zona porque está en construcción... y teniendo en cuenta que la exposición trata sobre un toro, una criatura medio hombre medio toro, nadie pestañeó siquiera cuando George trajo aquí a Val.

Como Alicia había dicho que se encargaría de llevarse a su madre, hermano, a Louie y Shorty, sólo estaban ellos dos, la abuela y el abuelo de Alicia en el laberinto.

La abuela miraba a su alrededor.

—Muy bonito —masculló—. En Chugwater nos haríamos una casa con esta madera.

Kirk le sonrió.

—Bueno, cuando acabe la exposición recomiendo que lo hagamos.

El abuelo tosió en señal de aprobación.

—Buen plan, hijo mío —miró a la abuela—. Como tiene la camioneta inservible después de chocarse contra esos barriles en el solar, me encantaría llevarla de vuelta a Chugwater.

—Bueno —dijo la abuela en un tono que parecía el de una niña—, eso es muy caballeroso por su parte.

—Y me ocuparé de ver cómo va la reparación —añadió el hombre—. Cuando esté listo, por favor, permítame que me haga cargo de la factura y que se lo devuelva.

La abuela empezó a vacilar, pero Bart insistió, a la vez que le presionaba la mano.

—Es lo menos que puedo hacer —susurró—. Y quiero hacerlo.

Al ver que la abuela de Bree se sonrojaba, Kirk se volvió hacia Bree para darle a los dos mayores algo de privacidad.

—¿Todavía quieres ver la piedra esa que te dije? —le susurró.

A Bree se le aceleró el pulso.
—¿La piedra antigua con el grabado?
Kirk asintió y la condujo cerca de la piedra a la que Val estaba atado.
—Mira en el centro de la piedra —le instruyó—. Para proteger el artefacto, la colocamos dentro de la piedra y cubrimos la abertura con plexiglás.

Bree fijó la vista en la roca color tierra. Unas luces enfocaban un pedazo de piedra de bordes ásperos con un reborde oscuro y por dentro con amarillos y rojos muy suaves.

De pronto Bree recordó algo.
—Santo Cielo... —susurró.
—¿Te gusta? —le preguntó Kirk.
Miró a Kirk con los ojos como platos.
—¿Sabes lo que es esto? —le preguntó Bree.
Él la miró un momento.
—No. Hemos contactados con varios especialistas en arte antiguo pero ninguno ha podido venir aún a Denver.
—Vi una fotografía similar a esta piedra en un libro —dijo tan emocionada que apenas podía hablar—. Un dibujo de un bisonte de unos trece mil años de antigüedad en una cueva en Francia. Pero nada de esto había sido hallado en esta parte del mundo... hasta ahora —se volvió a mirar la piedra, pestañeando de incredulidad—. Mira el rojo y el amarillo —susurró—. Los hicieron de trozos de tierra de Venecia —ladeó la cabeza para observar de nuevo el dibujo—. Me pregunto qué estaría dibujando el artista.
—Los primeros indicios de vida humana en esta zona son de hace once mil años aproximadamente —le explicó Kirk—. Tal vez estuvieran pintando un mamut o un caballo...

Bree sonrió a Kirk.
—Me encanta cómo se compenetra nuestra comprensión de la historia.

Estuvo a punto de decir que también se compenetraban de otra manera. Pero no lo hizo porque eso ya no importaba. Eran totalmente opuestos. Él quería echar raíces, ella necesitaba libertad.

Se volvió hacia él con lágrimas en los ojos, esperando que él lo atribuyera a la emoción del descubrimiento y no al dolor que sentía en su corazón.

—¿Te das cuenta de que has descubierto una pieza muy importante en tu excavación? Tal vez aún se te escapen algunos detalles de la línea KT, pero le has dado al mundo un tesoro del pasado, un mensaje de hace miles de años —ahogó una risa y abrazó a Kirk con fuerza—. Ay, mi científico valiente —le murmuró al oído—. ¿Cuántas veces te he oído decir que te gustaría tener el heroísmo de ese Tarl Cabot? Creo que a él le gustaría ser el héroe que eres tú.

Kirk la estrechó entre sus brazos.

—Bueno, si los héroes tuvieran deseos —le susurró—, el mío sería no haberte perdido.

Epílogo

—YO os declaro marido y mujer —dijo el cura, sonriendo a la abuela de Bree y a su recién estrenado marido, Bart, el abuelo de Alicia.

Se volvió hacia el grupo sentado en sillas plegables a la sombra de unos árboles muy grandes que había en el terreno del señor Connors.

—Me complace presentaros a los nuevos señor y señora Hansen —añadió el cura con expresión de dicha.

Todos aplaudieron cuando la abuela y su marido se besaron... Y lo hicieron tan apasionadamente que algunos de los presentes se echaron a reír con disimulo.

Mientra la abuela Ida y Bart avanzaban por el pasillo cubierto de pétalos de rosa que había entre las sillas, Bree, la dama de honor, se adelantó y le echó el brazo a Kirk, el padrino del novio.

Bree se había pasado todo el servicio religioso aguantándose para no mirar a Kirk cada tres segundos. Estaba más guapo que nunca; moreno y elegante con un esmoquin que le quedaba de vértigo. Pero a pesar de su elegante atuendo, llevaba una barba de dos días, y Bree no pudo evitar preguntarse si lo había hecho por ella. Él sabía que a ella le encantaba aquel aspecto a lo Indiana Jones. ¿Querría provocarla?

—Estás preciosa, Bree —murmuró Kirk mientras avanzaban del brazo por el pasillo—. Da igual lo que te pongas.

Ella le sonrió. Como era la dama de honor, llevaba un vestido de chifón color verde tornasolado que su abuela había elegido para ella, con un escote demasiado bajo para el gusto de Bree. Pero su abuela había insistido en que «enseñara parte de sus encantos».

Y aunque Bree no había querido que la peinaran demasiado, su abuela se había obstinado en que su nieta llevara un recogido informal con algunas florecitas blancas adornándolo.

Cuando Bree se había mirado al espejo se había sorprendido al verse tan guapa. Incluso se había ruborizado un poco, sorprendida de cómo unos pocos detalles podían transformar a una chica de pueblo en toda una dama elegante.

Pero cuando vio el modo en que Kirk la miraba y el efecto que tenía en él, le empezaron a temblar las piernas. Maldita sea, aquel hombre aún la afectaba, y mucho. Su mirada ardiente y su potente masculinidad le atravesaba el corazón. Lo había echado de menos, terriblemente, pero no se lo había contado a nadie, ni siquiera a su abuela.

En lugar de eso, Bree se había pasado los últimos meses aclarando los malentendidos que habían rodeado el «supuesto» robo mientras decidía no vender a Val a ningún ganadero, ni siquiera a Bovine Best. También había empezado su propio negocio de mantenimiento y asesoramiento ganadero y trabajaba ya con distintos ranchos. Hacía de todo desde limpiar y cepillar animales hasta dar clases sobre la crianza de toros Brahman. No iba a hacerse rica de la noche a la mañana, pero se figuraba que en unos años ahorraría el dinero suficiente para hacer aquel viaje a Europa con el que tanto soñaba.

—Demos una vuelta —murmuró Kirk mientras llegaban al otro lado del pasillo.

Su voz le hizo estremecerse de los pies a la cabeza. Bree aspiró temblorosamente.

Kirk la condujo a través del terreno de Connors hacia una valla por donde asomaba la cabeza de Val. Al verlos acercarse a Bree le pareció que el animal estaba sonriendo.

Kirk se paró junto a la valla y le puso a Bree las manos sobre los hombros. La miró detenidamente antes de mirarla a los ojos.

Kirk había echado de menos esos ojos grises; tan grandes, tan llenos de emoción, tan dispuestos a ver el mundo que ella ansiaba descubrir.

—Bree —dijo con suavidad mientras le acariciaba los hombros—. ¿Te acuerdas de esa piedra que identificaste, la que encontré en la excavación?

—¡Claro! Salió en todos los periódicos. Leí que ahora mismo está en el Metropolitan de Nueva York.

—Sí, se la hemos prestado a varios museos antes de que vuelva a Denver. Después de Nueva York, irá a París, a Londres, a Roma... —aspiró hondo antes de continuar—. Me pregunto si te gustaría visitar esas ciudades, ver otra vez la piedra...

En su mirada brillaban multitud de preguntas.

—Podría esperar hasta que vuelva a Denver.

Él hizo un gesto con la mano como desechando sus palabras.

—¿Y por qué quedarte aquí? Deja que te lo diga más claramente. Tengo dos billetes de avión para Londres, donde lo he arreglado todo para viajar, con acompañante, en el Orient Express cruzando Europa... Y me voy a llevar un montón de novelas rosas históricas por si nos queda tiempo de sobra para leer.

Bree estuvo a punto de atragantarse con las lágrimas de alegría que empezó a derramar... Europa, el Orient Express, ver arte antiguo... y para colmo incluso había pensado en su lectura favorita... ¡Como si fuera a leer estando de viaje con aquel hombre!

¿Pero por qué le estaba ofreciendo todo lo que quería ella? ¿Por qué se había olvidado de lo que él tanto deseaba? No había relación que pudiera sobrevivir con tales términos. Se pasó una mano temblorosa por el cabello rizado y un mechón de pelo le cayó sobre la mejilla.

—Pero echar raíces... tener familia, hijos... —dijo en tono suave.

Kirk jugueteó con el mechón de su cabello, tirando de ella para estar más cerca.

—Tal vez nuestras raíces queden plantadas por todo el mundo —le dijo con sensualidad—. O tal vez encontremos un lugar especial donde echarlas, donde nosotros queramos —miró al grupo de invitados y después a Val—. Y ya tenemos aquí una familia... Tal vez algún día nos añadamos a ella si sentimos la necesidad o el deseo de hacerlo.

Vio la avidez en su mirada y sintió la esperanza y la pasión renaciendo en su interior. Le estaba ofreciendo un compromiso; un compromiso maravilloso y factible. Y si no se equivocaba, le estaba ofreciendo más.

—¿Me estás pidiendo que...?

Los ojos le ardían de pasión al tiempo que se inclinaba hacia ella y le rozaba los labios.

—Cásate conmigo, Bree. Exploremos el mundo a través de nuestro amor.

—Casarme contigo —repitió al tiempo que su determinación flaqueaba acosada bajo sus besos cada vez más ardientes—. Será una ceremonia pequeña —susurró entre jadeo y jadeo.

Él le mordisqueó la comisura del labio.

—Nada tradicional —le dijo él en tono sensual—. Algo único que sea sólo entre tú y yo...
—Y Val —añadió mientras Kirk la besaba ardientemente en el cuello.
—Por supuesto —murmuró Kirk—. Val será nuestro padrino —Kirk alzó la cabeza y la observó con aquellos ojos azul brillante—. ¿Entonces te casarás conmigo? —le preguntó con su voz profunda.

Ella asintió con afán al sentir que su corazón necesitaba a Kirk.

—Dímelo, Bree.

El deseo que llevaba ahogando todos esos meses finalmente estalló.

—¡Sí! —gritó mientras le echaba los brazos al cuello.

Bajo el sol caliente, Bree se rindió finalmente al beso de Kirk, al primero de los cientos de besos, de sueños, de los que jamás querría escapar porque finalmente había encontrado su lugar en el mundo, sus raíces, en el amor de aquel hombre.

* * * * * *

**Podrás conocer la historia de Alicia y Louie en el Julia titulado:
EL PRECIO DEL AMOR**

Deseo®...
Donde Vive la Pasión
¡Los títulos de Harlequin Deseo® te harán vibrar!

¡Pídelos ya! Y recibe un descuento especial por la orden de dos o más títulos

HD#35327	UN PEQUEÑO SECRETO	$3.50 ☐
HD#35329	CUESTIÓN DE SUERTE	$3.50 ☐
HD#35331	AMAR A ESCONDIDAS	$3.50 ☐
HD#35334	CUATRO HOMBRES Y UNA DAMA	$3.50 ☐
HD#35336	UN PLAN PERFECTO	$3.50 ☐

(cantidades disponibles limitadas en algunos títulos)
CANTIDAD TOTAL $ _____
DESCUENTO: 10% PARA 2 Ó MÁS TÍTULOS $ _____
GASTOS DE CORREOS Y MANIPULACIÓN $ _____
(1$ por 1 libro, 50 centavos por cada libro adicional)

IMPUESTOS* $ _____

TOTAL A PAGAR $ _____
(Cheque o money order—rogamos no enviar dinero en efectivo)

Para hacer el pedido, rellene y envíe este impreso con su nombre, dirección y zip code junto con un cheque o money order por el importe total arriba mencionado, a nombre de Harlequin Deseo, 3010 Walden Avenue, P.O. Box 9077, Buffalo, NY 14269-9047.

Nombre: _____

Dirección: _____ Ciudad: _____

Estado: _____ Zip Code: _____

Nº de cuenta (si fuera necesario): _____

*Los residentes en Nueva York deben añadir los impuestos locales.

Harlequin Deseo®

BIANCA

¿Acabaría convirtiéndose en la esposa de un donjuán?

La editora Lisa Pennington estaba dispuesta a hacer cualquier cosa para salvar la revista de su familia, incluso aceptar una proposición indecente del hombre que le había roto el corazón.

Diego Cortés llevaba cinco años sin pensar en otra cosa que no fuera Lisa Pennington... ¡y en vengarse de ella! Estaba seguro de que podría llevársela a la cama, aunque sólo fuera para que ella consiguiera salvar su negocio. Pero Diego no tardó en darse cuenta de que la había subestimado y de que la única manera de compensar los errores del pasado era convertirla en su esposa...

POR VENGANZA

Diana Hamilton

¡YA EN TU PUNTO DE VENTA!

Deseo

HERIDOS DE AMOR
Brenda Jackson

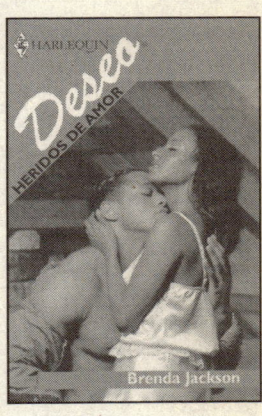

Thorn Westmoreland no era razón suficiente para que Tara Matthews volviera a creer en el amor... ¿o quizá sí? La bella pediatra y el duro empresario eran como el agua y el aceite. Entonces, ¿por qué Tara no podía borrar de su mente el recuerdo de sus tiernas caricias?

Thorn deseaba a Tara desde el mismo día en que la conoció. Su primera intención fue seducirla y tener con ella una aventura sin compromiso alguno, pero antes de que pudiera saborear el triunfo, Tara había cambiado las reglas del juego...

**Primero quiso seducirla...
después amarla para siempre**

¡YA EN TU PUNTO DE VENTA!

JAZMIN

MARION LENNOX
Amor en palacio

¡Estaba obligada a vivir con un príncipe!

Tammy se sorprendió al descubrir que se había convertido en la tutora de su sobrino huérfano, Henry, que algún día sería príncipe de un país europeo.

Marc, el príncipe regente, quería que Henry fuera educado en la realeza, y no estaba acostumbrado a recibir negativas. Pero Tammy, una combativa australiana, no tenía tiempo para los títulos, y estaba decidida a darle a su sobrino todo el amor que necesitaba... incluso si tenía que mudarse al palacio.

Pero mientras Tammy y Marc se enfrentaban por el futuro del bebé, la pasión que nació entre ellos se hizo imposible de resistir...

¡YA EN TU PUNTO DE VENTA!